KB235553

변명

변명

초판 1쇄 인쇄_ 2010년 9월 1일
초판 1쇄 발행_ 2010년 9월 10일

지은이_ 이병주

엮은이_ 김윤식·김종회

펴낸곳_ 바이북스
펴낸이_ 윤옥초

책임편집_ 도은숙
편집팀_ 이성현, 김주범, 김민경, 함윤선
책임디자인_ 이민영
디자인팀_ 방유선, 윤혜림, 남수정
ISBN_ 978-89-92467-43-8 03810

등록_ 2005. 07. 12 | 제 313-2005-000148호

서울시 마포구 서교동 395-166 서교빌딩 703호
편집 02)333-0812 | 마케팅 02)333-9077 | 팩스 02)333-9960
이메일 postmaster@bybooks.co.kr
홈페이지 www.bybooks.co.kr

책값은 뒤표지에 있습니다.

바이북스는 책을 사랑하는 여러분 곁에 있습니다.
독자들이 반기는 벗 – 바이북스

이병주 소설집

변명

김윤식·김종회 엮음

바이북스
ByBooks

일러두기

1. 연재 당시의 내용을 그대로 살리되, 편집상의 오류를 바로잡고 기본 맞춤법
   은 오늘에 맞게 수정했다.

2. 외래어는 국립국어원을 기준으로 표기하되, 인명·지명 등의 원어를 유추하
   기 어려운 경우 원문의 것을 그대로 실었다. 단 〈삐에로와 국화〉의 '삐에로'
   는 이 작품의 고유명사로 간주하여 그대로 살렸다. 또한 〈8월의 사상〉의 '소
   주蘇州'도 그 정식 지명은 '쑤저우'이나, 작품 내에서 고유명사로 간주되는
   '소주회'라는 단어로 인해 한자음 그대로 표기했다.

|차례|

변명

변명

《역사를 위한 변명》은 마르크 블로크의 미완의 저작이다. 먼저 나는 그 제목에 마음이 끌렸고 읽어선 그 내용에 감동했고 그의 생애의 대강을 알고는 그를 사랑하고 존경하기에 이르렀다.

내가 《역사를 위한 변명》을 통해 마르크 블로크를 알게 된 것은 1966년 7월이다. 그 무렵, H신문이 '전후 20년 만에 처음으로 밝혀진' 것이란 타이틀을 달고 2차 세계대전 중 일본의 군인·군속으로 끌려가 전몰한 동포들의 명단을 발표하고 있었다. 그 명단을 읽은 감상이 블로크를 읽은 감동과 얽혀 나는 내 스스로 역사를 위한 변명을 모색해보고 싶은 충동을 느꼈다. 허나 이 얘기는 뒤로 미루기로 하고 마르크 블로크란 인물을 이 기회에 소개해놓고 싶다.

1939년 2차 세계대전이 발발하자 여섯 아이의 아버지며 나이가 이미 53세를 넘은 블로크는 소르본 대학의 교수인 신분으로 일개 대위로서 자진하여 군에 입대했다. 프랑스가 항복한 뒤에는 곧 항독운동에 참가, 리옹 지방 레지스탕스의 지도자로서 활약했다. 그러다가 게슈타포에 체포되어 1944년 6월 16일 나치스의 흉탄을 맞고 생을 마쳤다.

기록은 그의 최후를 다음과 같이 전한다.

1944년 6월 16일 27인의 프랑스인들이 감옥으로부터 끌려나와 리옹 북방 50킬로미터의 상거에 있는 생 디디에 드 포르망이라는 곳으로 연행되었다. 일행 가운덴 발랄하고도 날카로운 눈초리의 은발의 노인이 한 사람 끼어 있었다. 그 노인 곁에 열여섯 살의 소년이 공포에 질려 부들부들 떨고 있으면서 "아플까요?" 하고 물었다. 은발의 그 노인은 소년의 손을 꼭 쥐곤 애정 어린 어조로 말했다. "아프지 않다. 아플 까닭이 없다." 그리고 그 노인은 제일 먼저 총을 맞고 "프랑스 만세"를 외치면서 쓰러졌다. 이것이 독일군에 의해 총살당한, 프랑스가 세계에 자랑하는 위대한 역사가 마르크 블로크의 최후의 순간이다.

마르크 블로크는 자기의 저서를 "아버지, 역사가 무슨 소용이 있어요?" 하는 어린이의 질문으로부터 시작해선 〈변명〉을 쓰게 된 동기와 이유를 설명한다.

　끊임없는 위기 속에 있는 어지러운 사회가 자기 자신을 의심하기 시작할 적마다 그들은 과거를 거울로 삼은 것이 정당한 일이었던가, 또 충분히 과거를 참고로 했던가를 자문자답한다. 극적 사건의 소용돌이 속에서 나는 거짓이 없는 그 반향을 포착할 기회가 있었다. 그것은 1940년 6월의 일이다. 내 기억에 틀림이 없다면 독일인이 파리에 입성한 바로 그날이 아니었을까 싶다. 군대를 잃은 참모본부는 매일 무위 속에서 나태하게 보내고 있었다. 풍광 아름다운 노르망디에서 우리들은 재난의 원인을 몇 번이고 되풀이하며 마음속에서 묻고 있었다. "역사가 우리를 기만했다고 생각해야 될 것인가." 우리 가운데의 한 사람이 중얼거렸다. 원숙한 그 어른의 번민이 "역사가 무슨 소용이 있을까요?" 한 어린이의 단순한 호기심과 겹쳐 내 앞에 문제로서 나타났다. 나는 그 어른의 고뇌와 그 소년의 호기심 쌍방에 답안을 준비하지 않을 수 없는 심정이 되었다.

　그의 심정을 내 나름대로 풀이하면 이렇게 된다. 역사가 가능하자면, 아니 역사가 믿을 수 있는 것으로 되려면 그것이 정의의 방향, 진리의 방향으로 움직여가야 한다. 또한 역사가 인생에 유익한 것이 되자면 그 교훈이 살아, 보람 있게 작용을 해야 한다. 그런데도 눈앞엔 패리悖理의 상황이 펼쳐지고 불의의 경향으로 역사가 전개되지 않는가. 이것은 반드시 충격이 아닐 수 없고 그 충격이 그 사람들의 가슴마다에 역사에의 불신을 심고 역사에의 회의를 싹트게 한다. 마르크 블로크는 "그러나 그렇지 않다"라고 외치고 싶었고 그 외침이 《역사를 위한 변명》으로 나타난 것이다.

하지만 나는 그의 책에서 역사를 불신해선 안 된다는 안타까움을 읽을 수는 있어도 역사를 신뢰해야 한다는 그의 교훈에 설복될 수는 없었다. 역사를 위한 변명을 쓰고자 한 그의 심정은 이해할 수 있었지만 설혹 그 책이 미완으로 끝나지 않고 완성을 보았다고 해도 그가 목적으로 한 변명은 무망한 것으로 느껴졌다.

"역사의 대상은 인간이다……. 풍경·기계·제도의 배후에 역사가 파악하고자 하는 건 인간들이다."

그는 이렇게도 말했지만 마르크 블로크는 자기의 비극적 죽음을 예증으로 해서 역사를 위한 변명의 불모성을 스스로 증명하고 만 셈이다. 인생의 원통함을 구제하지 못한 채 파악되는 인간이란 해부대에 놓인 시체일 뿐이다. 역사는 비정의 학문으로선 가능할진 몰라도 칼로 찌르면 선혈이 터져 나오는 인간이 그 변명을 써야 할 성질의 학문은 못 된다. 마르크 블로크의 죽음과 그와 유사한 죽음을 역사는 어떠한 설득력으로써 변명할 수 있단 말인가. 내가 마르크 블로크의 책을 언제나 되

풀이해 읽는 것은 그러니 그의 물음의 진지함에 있는 것이지
그의 논증이 훌륭한 탓은 아니다. 내가 그를 존경하고 사랑하
는 것은 불신하면서도 역사를 외면하지 못하고 회의하면서도
역사 속에서 답을 찾고자 하는 마음을 지워버릴 수 없는 탓이
며 "역사가 우리를 기만하고 있다고 생각해야 할 것이 아닌가"
하는 질문을 그와 더불어 나누고 있는 시간이 내겐 그지없이
소중한 시간이 되기 때문이다. 그의 유언의 1절에 다음과 같은
것이 있다.

　　나는 생애를 통해 표현과 사상의 성실을 위해서 최선을 다
　했다. 나는 선량한 프랑스인으로서 살았으며 선량한 프랑스
　인으로서 죽는다.

　20년 만에 밝혀진 전몰자 명단을 읽으면서도 나는 그다지
충격을 받지는 않았다. 가깝게 6·25 동란의 쓰라린 기억이 있
었고 20년이란 세월이 흐른 탓인지도 몰랐다. 다만 나는 역사
를 위한 변명이 가능하자면 이들 전몰자들의, 그 죽음의 의미
가 그들의 죽음을 보상할 수 있게 밝혀져야 한다는 생각을 해
보았다.

　일본의 공식 발표에 의하면 제2차 세계대전 중, 동원된 한국
인의 수는 22만, 그 가운데 2만 2,000명가량이 전사했다. 그
일부인 2,315명의 명단이 밝혀진 셈인데 그 유골은 일본 후생

성 창고에 먼지를 뒤집어쓴 채 방치되어 있다고 했다. 그날 나는 일기에 다음과 같이 썼다.

미군의 특수부대가 6·25 때 전사한 그들 동포의 유골, 또는 시체를 찾기 위해 이 나라 방방곡곡을 헤매고 있는 광경을 목격한 적이 있다. 그들은 그렇게 해서 찾은 유골, 또는 시체를 일본 고쿠라, 요코하마 기지로 옮겨 가서 정중하게 선별 납관한 뒤 성조기를 둘러 본국으로 송환하는 것이다. 인간을 존중한다는 것은 사자死者까질 존중해야 한다는 정성을 나는 거기서 배웠다. 일본은 10여 년의 시간과 막대한 비용을 써서 태평양 전역에 걸쳐 그들 전사자의 유골을 찾았다. 단 한 구의 시체가 있다는 정보를 듣고 남방의 정글을 수십 명의 조사원이 헤맸다는 기록을 나는 가지고 있다. 제2차 세계대전 때 전몰한 동포의 수는 2만이 넘는다고 하는데 겨우 2천 수백 명의 명단이 밝혀졌을 뿐 아니라 그나마도 그 유골이 전쟁이 끝나고도 20년 동안 일본 후생성 창고에 방치되어 있다고 하니 기가 막힌다. 살아 일제의 무자비한 마수에 번롱당하고, 가혹한 운명 속에 죽어서 20년이란 장장한 세월 동안 창고의 먼지를 쓴 채 있어야 하다니 참으로 억울하기 짝이 없는 영혼들이다. 《예기禮記》에 '사이불황死而不荒'이라는 말이 있는데 이들이야말로 죽어도 죽을 수 없고 죽어 눈을 감을 수 없는 '사이불황'의 망자들이다……

일기는 이 정도로 끝내버렸지만 나의 감상은 꼬리에 꼬리를 물고 서렸다. 나는 다시금 명단 위에 눈을 쏟지 않을 수 없었다. 알 듯 말 듯한 이름들이 시각과 뇌리 사이로 간혹 왕복했기 때문이다.

성명이 있고 본적이 있고 전사한 곳이 적혀 있었는데 성은 일본식이고 이름은 한국식인 것이 눈에 거슬리면서 야릇한 감회를 돋우기도 했다. 그런데 전사한 지명이 다양했다. 가장 빈번히 나타나는 지명이 필리핀과 유황도硫黃島, '이오 섬'을 한자음으로 읽은 이름였다. 그 밖에 영인 트랙·라바울·사이판·파라오·뉴기니·웨이크·뉴브리튼·인도네시아·마카사르·발리·술라웨시·브라운·말로엘라프·솔로몬·말레이·비스마르크…… 등 태평양 전역의 도서 이름이 차례로 나타나 있었다. 나는 그 인명과 지명들을 읽어 내려가며 나도 모르게 뺨에 눈물이 흐르고 있는 것을 느꼈다. 태평양에 점재한 섬마다에 우리 동포의 핏자국이 있다는 느낌, 태평양 바다 깊이 물고기가 뜯어 먹다 만 앙상한 뼈다귀가 깔려 있다는 느낌! 나는 선뜻 이러한 대화를 연상해 보았다. 그 대화란,

"이웃집 아저씨는 전쟁터에서 돌아오셨는데 10년이 넘도록 우리 아버지는 왜 돌아오질 않죠?"

열두세 살 되는 딸의 물음을 받고 어머니는 조용히 말한다.

"네 아버지는 태평양 넓은 바다, 그 바다 밑을 걸어서 오시

느라고 이렇게 늦단다."

그런데 그들의 죽음의 의미는 무엇일까. 전연 무의미한 것일까. 그렇다면 사람이 그처럼 무의미한 죽음을 할 수 있을까. 인류를 위한 희생도 아니고 조국을 위한 봉사도 아니고 어떤 사상, 어떤 신념을 위한 순교도 아니다. 변명할 여지도 없는 노예로서의 죽음일 뿐이다. 사람이라면 본의 아니게 전쟁에 끌려나가선 안 되는 것이며 누구를 위해 무엇을 하라는 명분이 뚜렷하지 못할 땐 무기 따위를 들어선 결단코 안 된다. 이것이 사람으로서의 최소한도의 각오라야 한다. 이왕 죽어야 할 바엔 항거하다가 죽어야 옳다. 노예의 죽음보다 비참한 죽음은 다시 없다. 그러면서도 이러한 다짐이 무력한 푸념밖엔 더 될 것이 없다는 걸 나 자신 잘 알고 있다. 나는 '카이로선언'이 있고 난 후에 일본군에 끌려간 비굴한 놈이다. 그런 까닭에 해럴드 래스키의 다음과 같은 문장은 비수로 우리의 심장을 에는 내용으로 된다.

전 세계에 걸쳐 오늘날 청년들은 죽음의 문전에 서 있다. 몇백만이란 청년들이 아직 성년에도 미달한 그 생명을 자유를 위해서 바치고 있다. 이 꿈을 위해서 이미 수백만의 청년이 죽어갔는데 전쟁이 끝날 무렵엔 보다 더한 수의 청년이 죽어 있을 것이며 혹은 장님이 되고 귀머거리가 되고 불구자가 되어 이 인생에 있어서의 아름다움과 완전히 격리된 채 그 여생을 보내게 될 것이다. 전 세계의 청년이 그 생명, 그 소유물 일체를 바치도록 요구당한 것은 우리들의 생애에 있어서 이번이 두 번째다. 그들은 그들 자신이 일으키지도 않은 전쟁 속에 고투하고 있다. 그리고 전쟁의 결과에 아마 대부분은 참여하지도 못할 것이다. 그들이야말로 그들 자신이 만든 것이 아닌 운명의 희생자이며 자신들의 선택을 거부당한 운명의, 그 제단에 바쳐진 제물들이다……. 그들의 과감한 투쟁을 볼 때 현대 청년 앞에 마음으로부터의 겸허를 느끼지 않을 사람은 없을 것이다. 용기를 가지고 전쟁터로 나갔다.

이것은 연합국의 청년들에 대한 찬사다. 우리들은 그 연합국 청년들을 도살하고 세계를 정복하려고 서둔 흉악한 하수인들 편에 서서 총을 들었던 것이다.

이런 생각을 하다가 나는 지금 이렇게 그 명단을 지켜보고 있는 나와, 이미 백골이 되어버린 그들과의 차위差違에 생각이 미쳤다. 어떤 사람은 생자와 사자와의 차이를 폭탄이 떨어진 곳에 있었다는 것과 그곳을 살큼 피했다는 것과의 차밖엔 안된다고 했는데 나는 그보다도 더욱 사소한 차라는 것을 발견했다. 일본 참모본부에 있는 어떤 장교의 연필 끝의 장난일 뿐이다. 그 연필 끝이 어떤 사람들은 태평양으로 보내고 나는 중국 쑤저우蘇州로 보냈다. 그 연필 끝의 역사를 어떻게 설명할 것인

가. 마르크 블로크는 그래도 역사를 위한 변명을 고집할 수 있을 것인가. 마르크 블로크는 "있다"라고 대답한다. "서둘러선 안 돼. 역사는 변명돼야 해." 그의 근엄한 소리가 들려오지만 변명되어야 한다는 것과 변명할 수 있다는 것과는 다르다.

그때 H신문의 명단 발표는 일주일 동안의 연재 발표였다. 나는 매일처럼 그 명단을 살피고 있었는데 마지막 부분에 단 한 사람, 본적도 전사 지명도 밝히지 않고 일본식 성명이 아닌 한국식 그대로의 이름만으로 있는 것이 눈에 띄었다. 그 이름이 탁인수였다.

탁인수! 나는 벼락을 맞은 사람처럼 심장의 경련을 느꼈다. 나는 가까스로 숨을 몰아쉬며 중얼거렸다.

'과연 바로 그 탁인수일까?'

1945년 8월 하순, 중국 쑤저우의 하늘은 연일 화려하게 맑았다. 여름의 열기가 흥분된 내 마음에 서려 나의 회상 속에 나타나는 그 하늘의 푸르름은 거의 보랏빛으로 아름답고, 은빛을 언저리로 한 하얀 뭉게구름은 소년의 꿈처럼 황홀하기도 했다. 얼마간의 외포가 섞인 미래에 대한 부푼 기대는 썩어가는 풀잎 내음에도 인생의 향기를 맡았고 구슬땀이 얼굴을 구르는 더위에도 생명력의 약동을 느꼈다. 일본의 항복, 조국의 해방이란 엄청난 사실이 역사라는 작용을 실감케 했고 일본의 용병이란 처지로부터 벗어난 해방의 뜻이 감당하기 어려운 감동으로 치밀어 올라 가끔 눈에 눈물이 고였다. 아직 일본의 군복을 입고 있을망정 나의 마음은 이미 자유인이었다. 날개를 달고 하늘을 나는 꿈을 밤마다 꾸었다.

이러한 어느 날 나는 부대장 부관인 야마사키 중위의 부름을 받았다. 야마사키는 대학에서 사학을 공부한 간부 후보생 출신의 장교였다. 나와는 간혹 어울려 잡담을 하는 그런 사이였다. 화제에 38선 문제가 올랐다. 그러고 나서 야마사키는 나더러 부대의 기밀문서를 소각해달라는 부탁을 했다. 기밀문서는 거의 반 트럭이나 될 만큼의 부피였다. 부대원이 고작 400명 안팎인데 웬 기밀문서는 이렇게 많으냐고 빈정댔더니 야마사키는,

"일본 군대가 주로 페이퍼 플레이만 한다는 걸 이제사 알았나."

하곤, 덧붙였다.

"한 장 남기지 않고 완전 소각을 해주게."

나는 병정 세 사람을 시켜 그 문서의 더미를 제철 공장 후면에 있는 방공호 근처로 옮겼다. 그 방공호는 미완성인 것이어서 지붕이 덮여 있지 않았다. 그 속에서 문서를 태우고 난 뒤 흙으로 방공호를 메워버릴 작정을 세웠다.

기밀문서라고 했지만 대단한 건 아니었다. 일일 명령철, 작전 명령철이 대부분을 차지했고 하드커버로 장정된 전훈철이란 것이 십수 권 있었고 그 밖엔 잡서류였다.

일일 명령철이란 인사 명령, 근무 명령 등을 모은 것이고 작

전 명령이라야 신편 사단에의 병력 차출, 분견대의 배치, 출동에 관한 명령, 연습에 관한 명령 등으로 이곳저곳 책장을 넘겨보아도 별반 흥미 있는 것이 눈에 띄지 않았다. 나는 그 명령철과 잡서류를 먼저 태우라고 이르고 제철 공장의 그늘에 앉아 전훈철을 뒤졌다.

전훈이란 일본 군대에 있어서의 관보다. 하사관 이상의 인사 동정, 즉 승진과 보직 내용이 소상하게 기록된 부분도 있고 대소 전투의 상황을 요령 있게 기록한 부분도 있었다. 그 밖에 군사시설, 교육 방법에 관한 지침 같은 것도 있었다. 가령 이런 따위의 기사도 있다. 유황도에서 철근 콘크리트의 토치카를 만들었는데 몇십 센티미터 이상의 두께를 가진 것은 직격탄에 의하지 않곤 파괴되지 않았고 그 이하의 것은 주변에 낙하된 폭탄의 폭풍으로 붕괴되었다. 그러니 앞으로 만드는 토치카는 이러이러하게 만들도록 설계도와 재료 표를 붙여 지시한다…….

대본영 발표라고 해서 허무맹랑한 거짓 선전을 하고 있던 일본군도 이 전훈에서만은 거짓을 하지 않았던 모양이다. 나는 그 전훈철을 통해서 6개월 전 부대에서 출발한 주정중대舟艇中隊가 양쯔 강 상류에서 전원 익사한 사실을 알았고 바로 몇 달 전, 쑤저우로부터 얼마 되지 않은 지점에서 제47부대가 신사군新四軍의 습격을 받고 대손해를 본 적이 있다는 사실도 알았다. 이렇게 흥미에 이끌려 책장을 넘기고 있는데 돌연 군법회의 '군사법원'의 옛 이름 기록이란 것이 눈에 띄었다. 얼핏 보니 거기 한국인의 이름이 나타나 있었다. 나는 읽다가 말고 병정들이 눈치채지 않게 그 부분을 뜯어 호주머니에 집어넣었다. 그리고 또 그런 것이 없는가 하고 바쁘게 전훈철을 뒤지고 있는데 병정들의 소리가 들렸다. 먼저 것은 다 태웠으니 나머지를 태우자는 것이다. 나는 병정들을 보고 가져가라고 일렀다. 야무지게 장정되어 있는 것이 돼서 태우기가 힘들었다. 나는 한 장 한 장 찢어서 불 속으로 던져지는 전훈철을 보며 아쉬움을 느꼈다. 다시 없는 역사의 자료가 될 수 있을 것이란 생각에서였다.

"제기랄! 이렇게 태워 없앨 걸 야무지게도 해놨네."

하고 병정 하나가 투덜댔다.

"이처럼 앞을 못 보는 놈들 밑에 절절맸다고 생각하니 어이가 없군."

다른 하나의 대꾸였다.

기밀문서 소각 작업은 꼬박 세 시간이 걸렸다. 작업이 끝나면 자기 방으로 와서 술이라도 한잔하라는 야마사키의 청이 있었지만 나는 호주머니 속의 문서가 마음에 걸려 그것을 읽을 장소를 물색하기에 바빴다.

나는 전에 내가 맡아 있던 소모품 창고를 택했다. 나는 창고의 문을 잠그고 광선이 잘 들어오는 구석진 곳을 골라 앉아 그 서류를 꺼냈다. 제목은 '탁인수 군법회의 기록'이라고 되어 있었고 사건 경위는 다음과 같이 적혀 있었다.

　　성명 탁인수. 본적 경북 ×군 ×면 ×리. 생년월일 다이쇼大
正 10년 ×월 ×일. 학력 도쿄 W대학 경제학부 졸. 이자는 쇼와
昭和 19년(1944년) 1월 20일 조선 용산 부대를 거쳐 동년 2월 5
일 중지中支 파견군 제70사단 제21부대에 입주. 창저우常州에
서 초년병 교육을 마치고 동년 7월 전장鎭江 분견대에 파견되자
일주일 후인 7월 17일, 부대를 이탈 중국 충의구국군으로 분적
奔敵 황군皇軍의 기밀을 팔아 충구군 참령소좌 상당 계급으로 임명
되어 이적 행위를 거듭했음. 그러고는 쇼와 20년(1945년) 1월,
조선인을 규합하여 충구군 내에 조선인 부대를 만들 목적으로
상하이에 잠입. 인원 포섭과 자금 조달의 공작을 시작했음. 그
동안 십수 명의 조선인을 포섭(인명 생략). 약간의 자금도 모았
는데 이 동태를 찰지한 상하이 화성돈로華盛頓路 ××번에 거주
하는 조선인 장병중이 제보해왔으므로 2월 3일 오전 7시 장강
반점에 투숙 중인 것을 상하이 헌병대가 체포했음.

　이어 군법 회장에서의 문답 내용이 있었는데 그 가운덴 이런
응수가 있었다.

　문 탈출한 동기는 무엇이냐?
　답 나는 입대할 때부터 탈출할 기회만 노려왔다.

문 동기와 이유를 말하라니까.

답 조선인이 일본의 병정 노릇을 할 수 없다는 신념이 탈출의 동기이고 이유다.

문 너는 조선인이 일시동인一視同仁의 혜택을 받고 있는 사실에 감사하게 생각하지 않는가?

답 나는 일본을 조국의 원수라고 생각한다.

문 너는 조선 독립이 가능하다고 보는가?

답 가능하건 않건 꼭 독립을 해야 한다고 생각한다.

문 조선 독립이 목적이면 조선 독립을 위한 단체로 갈 것이지 왜 충의구국군으로 갔느냐?

답 충칭重慶은 멀어 가기가 힘들었기 때문에 방편상 충의구국군에 편입을 했다.

문 충의구국군 따위의 잡군이 조선 독립에 도움이 되리라고 생각했던가?

답 독립운동은 우리가 할 일이지 충의구국군이 할 일이 아니다.

문 네가 가담한 충의구국군의 본거는 어디에 있으며 사령관은 누구냐?

답 답할 수 없다.

문 왜 답할 수 없느냐?

답 동맹군의 정보를 알릴 수 없다는 군인의 본분으로서 말할 수 없다.

문 네가 포섭한 조선인의 이름을 대라.

답 말할 수 없다.

문 네가 순순히 본법정이 묻는 말에 대답하고 반성하는 빛이
   있으면 너는 살 수 있고 그렇지 않으면 죽음이 있을 뿐이
   다. 삶과 죽음 가운데서 어느 편을 택할 것이냐?

답 나는 죽음을 택하겠다.

문 또 할 말이 없는가?

답 너희들이 조금이라도 도의를 안다면 나를 죄인 취급 할
   것이 아니라 일단 포로로 취급하라고 요구도 했겠지만 그
   런 도의가 있는 놈들 같지 않으니 할 말이 전연 없다.

문 너는 가족을 생각해본 적이 있는가? 너의 불충·불효·불
   손한 행위가 너의 가족에게 미칠 화를 생각해본 적이 있
   는가?

답 나의 불효는 장차 역사가 보상해주리라고 믿는다.

   적전敵前 부대 이탈, 분적, 이적 등의 죄명으로 판결은 사
형. 1945년 6월 15일 상하이 경비 사령부에서 법무 장교 입회
하에 교수형 집행.

이란 대목으로서 그 문서는 끝나고 있었다.

나는 넋을 잃고 앉아 있었다. 편편한 관념의 조각이 휘날릴
뿐 하나의 상념으로 이어지질 않았다. 탁인수란 이름이 뇌리

에 꽉 차게 확대되기도 하고 장병중이란 이름이 그것에 겹쳐
지기도 했다. 6월 15일이라면 그땐 나는 창수常熟란 곳에서 미
군의 상륙에 대비한 진지 구축을 하고 있었을 무렵이다. 불과
두 달 남짓한 시간, 그 시간만 용케 견딜 수 있었더라면 탁인수
는 그가 그처럼 바라고 애썼던 조국의 해방을 보았을 것이었
다. 나는 8월 15일 역사를 실감했다. 탁인수는 자기의 불행을
역사가 보상할 것으로 믿고 죽었다. 나는 내가 실감한 역사라
는 것이 보잘것없는 감상이란 걸 알았다. 그 엄숙한 탁인수의
역사 속에 내가 기어들 자리는 없었다. 나는 한 마리의 버러지
에 불과했다. 어둠이 창고 안에 기어들자 나는 대강의 사항을
수첩에 적어놓고 그 문서를 가루가 되도록 찢어 마루청 틈서
리에 버렸다.

창고에서 나와 노을이 짙은 영정을 걸어가다가 나는 큰 실수
를 저질렀다는 뉘우침을 깨달았다. 그 문서를 없애버려선 안
되는 것이었다. 나는 그 문서를 한 자 틀림없이 내 기억 속에서
재생할 수 있다는 자신을 가지고 그것을 믿고 한 짓이었지만
내 기억만으로 대처할 수 없는 국면이 반드시 있을 것이었다.
그 문서는 증거 재료로서 보존했어야 옳았다.

그렇게 되고 보니 내가 읽은 내용을 경위 설명과 함께 친구
들에게도 얘기할 수 없게 되었다. 왜 그 문서를 없애버렸느냐
는 힐난이 있을 것이었다. 항복한 일본 군대 내에서 그만한 부
피의 문서를 간수하기란 어렵지 않았으니 명령이면 그대로 복

종해야 하는 어느덧 몸에 배어버린 습성만으로 나의 실수를 설명하기란 힘들었다.

이러한 가책이 커감에 따라 나는 하필이면 야마사키 중위가 내게 왜 이 일을 시켰을까 하는 생각으로 번졌고 그것이 단순한 우연이라고 치더라도 그 우연엔 나의 지각을 넘은 곳에 있는 어떤 의미가 있는 것이라고 믿어졌다. 장병중이란 자를 찾아내서 그를 징벌하라는 섭리의 명령일지도 몰랐다. '나의 불효를 역사가 보상한다'고 탁인수는 그의 최후 진술에서 말했는데 역사가 그의 불행을 보상하기 위해선 나의 역할이 필요하다는 뜻으로서도 해석될 수 있었다.

H신문에 발표된 명단의 맨 끝에 있는 탁인수란 이름을 보고 심장의 경련이 일으킬 정도로 놀란 것은 이런 까닭이 있어서였다.

'그런데 과연 그 탁인수일까?'

한 가닥 의혹은 남았다.

1945년 9월 초, 나는 한국 출신의 학도병 30여 명과 함께 쑤저우에서 현지 제대를 하고 상하이를 갔다.

처음으로 보는 국제도시 상하이의 경관에도 그 이색적인 풍물에도 나의 마음은 끌리지 않았다. 장병중이란 이름이 가슴 한가운데 걸려 있었기 때문이다. 나는 우선 어떤 사람의 호의로 자푸루作浦路에 거처를 정했다. 상하이의 지리에 익숙하길 기다려 소재를 확인할 작정이었다. 그랬는데 뜻밖의 기회에 나는 장과 대면하게 되었다.

서라고 하는, 나와는 동향인 교포가 하룻밤 한국 요정인 금강주가에 나를 초청했다. 나는 두 사람의 친구를 데리고 그 장소에 갔다. 서는 세 사람의 손님을 동반하고 기다리고 있었다. 서로 인사를 주고받고 보니 그 가운데의 한 사람이 장이었다. 나는 전신이 경직하는 듯했다. 서라는 동향인도 장과 한패로구나 하는 생각이 들자 도저히 그 자리를 견딜 수가 없었다. 그러나 참아야 했다. 천재일우라고 할 수 있는 이 기회에 장이란 자의 거동을 냉철히 관찰해야겠다고 다짐했다.

장은 서른대여섯으로 보였다. 회색 플란넬의 양복바지 위에 감색 상의를 입고 격자무늬의 갈색 넥타이를 매었는데 사파이어 비슷한 넥타이핀이 유난히 눈을 끌었다. 몸집은 약간 뚱뚱한 편이었다. 로이드안경이 얼굴의 윤곽을 선명히 한 느낌이었고 얼굴의 빛은 반들반들 윤이 나 있었다. 외관으로선 어느 모로 보나 빈틈없는 신사의 차림이었고 의젓한 태도였다. 동포의 애국 청년을 일본 헌병에게 팔아넘길 위인으로는 아무래도 보이지 않았다. 동명이인일지도 모른다고 생각을 해보려는데 주고받는 얘기 가운데 화성돈로에 있다는 그의 집 얘기가 나왔다. 집을 팔아야겠는데 중국인들이 정세의 탓으로 값을 낮잡아 본다는 얘기였다. 나는 묘한 압박감을 느끼고 한시라도 그 자리를 피하고 싶은 충동이 거듭 솟구쳐 올랐지만 그 충동을 억제하기로 했다. 장병중은 국제 정세와 국내 정세에 대해서 제법 그의 견식을 과시하려고 들었다. 그러면서 충칭에 있는 임시정부에 정치자금을 대주었다는 자랑을 말 가운데 은근히 섞기도 했다.

"애국자가 상하이에서 살기란 광대 줄타기보다 더 아슬아슬한 노릇이었습니다. 독립운동을 도와야 하는데 일본 놈들의 감시가 여간 심하지 않았으니까요."

이렇게 말하며 숨은 애국자로서 고생이 많았다는 듯 그는 사뭇 심각한 표정을 짓기도 했다. 그러나 장의 그런 포즈에 탁인수가 넘어갔을 것이라고 생각했다. 독립운동자인 척하는 그 포즈를 믿고 탁인수는 사정을 통했을 것이다. 장은 그런 포즈를 미끼로 많은 애국 청년을 유도해선 일본 헌병에게 넘기고 그 대가로 풍족한 물질적 생활을 해온 것이란 짐작도 들었다. 나는 보기 좋게 술잔으로 그 면상을 후려갈겨놓고 그의 죄상을 폭로할 수 있으면 얼마나 후련할까 하는 생각을 되뇌면서도 그럴 용기가 없는 나 자신이 너무나 안타깝고 억울했다. 내가 만일 그런 태도로 나갔다간 생명이 없어질 것이라고 판단할 수도 있었다. 증거 없는 발언은 모함이라고 되잡힐 것이고, 상하이의 그 무렵은 사람을 죽이기란 간단한 일이었다.

술자리가 익어가자 장은 멋진 사교춤 가락을 보였다. 여자를 다루는 솜씨가 보통이 아니었다. '나의 불효는 장차 역사가 보상할 것이다.' 탁인수의 말이 또렷또렷 뇌리에 새겨졌다. 그런데 그날이, 그 보상이 언제 이루어질 것인가. 동포의 애국 청년을 죽음의 구렁텅이에 몰아넣고 그 대가로 사파이어 넥타이핀으로 치장하곤 멋진 춤가락을 보이며 여자들과 희희낙락하는 장병중의 거동을 보고 있으니 아무리 참으려고 해도 견딜 수가 없었다. 현기증이 났다. 기분이 좋지 않으니 돌아가 쉬어야 되겠다면서 나는 자리에서 일어섰다. 서가 만류를 했다. 그 꼴마저 보기가 싫었다. 나는 친구들은 남게 하고 굳이 그 자리에서 빠져나왔다. 장이 문간에까지 따라 나왔다.

"앞으로 서로 협력해서 건국 운동에 힘씁시다."

진정 귀를 씻고 싶은 장의 말이었다. 장병중이 내 어깨에 손을 얹을 것 같아서 나는 질겁을 했다. 현기증이 심하다는 듯 표정을 꾸미고 장이 청해온 악수를 가까스로 피하곤 금강주가를 뒤로했다. 거리로 나와서야 나는 비로소 깊은 숨을 내쉬었다.

초가을 상하이의 밤. 자동차와 인력거와 사람들이 붐비고 있는 거리를 나는 혼자 걸어 브로드맨션 앞을 지나 가든 브리지에 섰다. 황푸 강黃浦江 어두운 수면에 상하이의 불야성이 비치고 있었다.

그때에 떠오른 상념을 모조리 기억할 수는 없다. 다만 탁인수를 대신해서 장병중에게 보복할 책임이 내게 있다는 자각과 다짐을 굳힌 기억만은 지금도 생생하다. 가든 브리지의 난간 이곳저곳에 기대서서 고낭姑娘과 키스하고 있는 미군 병사들이 보였다.

인력거에 인력거의 차부를 태우고 끌고 가는 미군 병사의 장난스러운 모습도 보였다. 그날 밤 나는 백계러시아인의 할머니가 경영하는 술집을 찾아 보드카를 마셨다. '타차냐'라는 그 집 손녀는 《죄와 벌》의 '소냐'처럼 갸냘프고 아름답고 창백한 소녀였는데 내게 '오친 하라쇼'란 러시아어를 가르쳐주었다.

"오친 하라쇼! 영어론 베리 굿이란 뜻예요. 베리 굿. 트레 비앙보다 훨씬 이 말이 좋죠? 오친 하라쇼!"

10월 중순, 충칭으로부터 이연호 장군이 상하이로 왔다. 이 장군은 장제스 총통의 고문으로 계셨다. 그 본명은 이상천. 무인이며 문인인, 시인 이상화, 역사학자 이상백 선생의 백형이다. 나와는 초대면이었으나 집안의 어른을 대니 우리 집안 어른과는 친숙한 사이라고 했다. 그분에게만은 나는 집안의 어른에게 대하듯 어리광을 피울 수 있었다. 어느 날 나는 탁인수의 사건을 얘기하고 장병중이 현재 상하이에 있다는 사실도 알리고 나의 도의적인 책임 같은 것도 말해보았다. 이 장군은 묵묵히 한동안을 앉아 있더니 입을 열었다.

"지금은 보복할 때가 아니고 지켜볼 때다. 지금 보복이 시작되면 나라의 일은 뒤죽박죽이 된다. 왜놈의 밀정은 장병중 하나만이 아니다. 이 상하이는 왜놈의 밀정이 우글거린 곳이다. 물론 도의적인 책임감을 포기해선 안 된다. 나는 자네보다 수십 배나 많은 밀정을 알고 있고 수십 건 증언해야 할 사건을 가

지고 있다. 그러나 상하이에서만은 그런 일을 잊고 지내도록
하자."

그러고는 이렇게 덧붙였다.

"그런데 보복이나 복수라는 건 사람의 힘으론 비겁한 노릇
이다."

나는 그와 비슷한 뜻의 말이 톨스토이의 《안나 카레리나》 권
두에 있다면서 외어 보였다.

"복수는 내게 있다. 내가 갚을 것이다."

"그런 게 있었지. 바로 그거다."

이 장군은 호방하게 웃었다.

나는 당분간 탁인수의 사건과 장병중의 이름을 묻어두기로
했다. 그러나 때때로 그 사건과 그 이름은 나의 심상을 흐리게
하는 구름이 되었고 나의 양심을 찌르는 바늘 끝이 되었다.

그 이듬해 2월 나는 고국으로 돌아왔다. 아득히 부산항의 윤
곽이 보이기 시작할 때 어쩌면 같은 배를 타고 돌아오게 되었
을지도 모르는 탁인수를 생각했다. 같은 배는 아니었지만 동
시에 상하이를 떠난 다른 배에 장병중이 타고 있는 사실을 나
는 알고 있었다. 그것도 우연한 기회에 알게 된 것이다. 나는
그때 탁인수의 고향을 찾아가볼 작정을 했지만 귀국 후에 뒤
따른 황망한 나날 속에 그 작정은 묻혀버리고 말았다. 장병중
에 대한 집념도 점차 희석되어갔다. 그랬는데 어느 날 장 쪽에
서 나를 찾았다. 그가 나를 직접 찾아온 것이 아니라 내가 그의

소재를 알려고 하지도 않았는데 우연한 기회에 그가 서울에서 무역 회사를 한다는 사실과 그 주소까지 알게 되고 보니 그가 나를 찾았다는 느낌으로 강세強勢되었다는 뜻이다.

그러나 장병중의 소재를 알았다고 해서 어떻게 문제를 만들어볼 방도가 없었다.

그후, 수년이 지나 6·25 동란 당시 나는 장과 부산 광복동 거리에서 지나친 일이 있다. 내가 그를 아는 척할 까닭도 없었고 그가 내게 인사할 까닭도 없었다. 그저 지나친 정도였는데 여전히 형편은 좋은 모양으로 피난민이 우글거리고 있는 거리에선 눈에 띄게 말쑥한 차림을 하고 있었다.

그리고 또 4, 5년의 세월이 흘렀다.

어느 날 신문을 펴 들었더니 장병중이 K도의 D군에서 제3대 국회의원 선거에 입후보했다는 기사가 나와 있었다. 나는 공연히 당황하기 시작했다. 이때를 놓치면 탁인수 사건에 대한 나의 도의적 책임을 다할 기회는 영영 없어질 것이란 짐작 같은 것도 들었다. 생각하면 우연이라고 하겠지만 어떤 의미가 있다고 보지 않을 수 없도록 우연은 연속되었다. 탁인수 사건의 문서를 보게 된 우연, 상하이에 가자마자 장병중을 만나게 된 우연, 귀국하자 얼마 안 되어 그의 소재를 수월하게 알 수 있었던 우연, 6·25 때 광복동에서 지나친 우연 그리고 이 신문 보도를, 수백 명 입후보자에 섞여 깨알만 하게 기재되어 있는 보도를 읽게 된 우연…… . 다시 말하면 섭리는 집

요하리만큼 우연을 만들어 나의 행동을 재촉하는 것이라고
느껴지기도 했다.

나는 생각하다 못해 내가 근무하고 있는 학교에 일주일의 휴
가원을 내놓고 K도의 D군으로 갔다. 거길 가서 무엇을 어떻게
하겠다는 계획도 작정도 없었다. 그저 가보지 않을 수 없는 초
조감에 강박당한 행동이었다.

K도의 D군은 아담한 산과 들과 강으로써 꾸며진 소박한 고
장이었다. 나는 읍내의 중심에 있는 여관에 자리를 잡고 나름
대로의 동정을 살폈다. 장병중 외 일곱의 입후보자가 있었는
데 대체의 공기로선 지방의 명망가인 C씨라는 사람이 결정적
으로 우세했다. 그의 선친이 3·1 운동 당시 지사인 데다가 본
인도 부친의 유업을 맡아 일제강점기를 무난히 살아온 사람이
고 그 군이 선출해 부끄럽지 않을 정도의 덕망과 능력의 소유
자이기도 했다.

내가 그곳에 도착한 이틀 만엔가 읍내 국민학교^{'초등학교'}의 전
용어에서 합동 정견 발표회라는 것이 있었다. 가장 유망하다는
C씨의 연설은 그저 무난할 정도였는데 장병중이 연단에 서자
군중을 압도하는 듯한 효과를 거두었다. 그는 중국에서 자기
가 얼마나 열렬하게 독립운동을 했는가를 신파조 웅변조로 지
껄여댔다.

"누구나 말로는 애국한다고 한다. 그러나 애국자라면 실적
이 있어야 한다. 실적을 가지고 사람을 평가해야 한다. 나는 생

명을 바치고 조국 광복을 위해 싸웠다. 나는 그 대가로서 여러분의 표를 원하는 것은 아니다. 그러한 실적이 있기에 누구보다도 충실한 일꾼이 되리라는 자신이 있기 때문에 여러분의 지지를 바란다."

대강 이런 결론으로 맺어진 연설이었는데 그 연설이 있고부턴 읍내의 공기에 변동이 생긴 것 같았다. "장병중이 애국자다. 그리고 똑똑하다." 이런 말이 술집 한구석에 앉아 있는 나의 귓전을 스쳐 가기도 했다.

나는 새삼스럽게 탁인수 사건의 기록을 없애버린 나 자신을 뉘우쳤다. 그 기록만 있으면 그것을 복사해서 군내에 돌려 장의 가면을 갈기갈기 찢어놓을 수 있을 것인데 싶으니 가슴이 무거워 터질 것만 같았다. 뒷일이야 어떻게 되건 시장 한복판에 서서 장의 과거를 폭로해볼까 하는 충동도 일었다. 그러면서도 내겐 그런 용기가 없다는 것을 내 자신이 너무도 잘 알고 있는 터였다.

생각한 끝에 나는 내 기억을 되살릴 수 있는 범위에서 탁인수 사건의 기록을 우리말로 재생해보기로 했다. 그것을 재생해서 인쇄물로 만들어 어떤 수단을 써서라도 군내에 돌리기만 하면 효과가 있을 것 같았다. 그 의논을 하기 위해 나는 서울에 가서 옛날 같이 일군에 있었던 M이라는 친구를 찾았다. M에게만은 장에 관한 얘기를 한 적이 있었다. M군은 내 말을 듣자 집어치우라고 한마디로 잘라 말했다.

"그렇게 한 뒤의 법률 문제가 귀찮아서가 아니라 입후보한 놈들 가운데 장병중이 같은 놈이 어디 한두 사람뿐일 줄 아나? 일제 때 경찰한 놈도 입후보하고 있고, 일제 때 헌병 노릇 한 놈도 입후보하고 있고, 일제에 아부해서 출세하려고 덤빈 별의별 놈들이 입후보하고 있는 판인데 자네가 장병중을 방해한다고 대한민국의 국회가 올바로 될 줄 아나? 내버려둬. 국회가 친일파 민족 반역자의 소굴이 되건, 사기꾼의 집합소가 되건."

나는 본래 굳은 각오를 하고 간 것이 아니라 M군으로부터 용기를 얻을 양으로 찾아간 형편이었고 보니 M군이 그렇게 나오는 바람에 기가 꺾이고 말았다.

그날 밤, 다동 어떤 술집에서 M군은 이런 말도 했다.

"보라구, 전쟁으로 파괴된 서울을 재건할 생각은 않고 시체에 똥파리 엉겨 붙듯 이권에만 웅성대는 게 요즘 정치가들의 생리라네."

그리고 우스운 얘기 하나 할까 하고 다음과 같은 얘기를 들려주었다.

"언젠가 대전에서 J당대회가 있었지. 그것을 빈정댄 얘긴데 참 기가 막혀서 서민들의 비판 의식을 보여준 좋은 예라고 생각했지. 얘기는 이랬어. 대전에서 후레자식들 대회가 있었는데 거기서 누가 1등을 했는지 아나? 제 어미를 서방질해서 돈 안 벌어 온다고 호되게 두드려 팬 놈이 1등을 했다네."

정치가나 정당이 그만큼 부패했고 민심을 잃었다는 M군의 결론으로 나는 들었다.

나는 그길로 돌아와버렸다. 선거 결과 장병중은 3위로 낙선하고 C씨가 당선했다는 사실을 알았다. 그로써 반분이나마 풀렸다는 기분으로 나는 장병중을 까마득히 잊고 말았다.

'그런데 탁인수가 과연 그 탁인수일까?'

나는 몇 번이고 그 명단을 되풀이해서 보고 또 보고 했으니 본적지도 전사지도 밝혀놓지 않은 이름만의 활자가 명확한 답을 해줄 까닭이 없었다.

그리고 다시 6년이란 세월이 흘렀다. 작년, 그러니까 1971년이 저물 무렵 일본 후생성 창고에 있는 2,000여 위의 유골 봉환 문제가 어느 일각에서 일어나더니 그 가운데의 일부분이 돌아오게 되었다는 보도가 있었다. 나는 그 일을 서둘고 있는 J씨를 찾아가서 무슨 수를 써서라도 탁인수의 유골만은 이번에 돌아오는 유골 가운데 끼이도록 해달라고 부탁했다. 드디어 작년 11월 20일, 246위의 유골이 돌아왔다. 다행하게도 탁인수의 유골이 그 속에 끼어 있었다.

그 유골이 돌아오고 나서야 비로소 탁인수가 바로 그 탁인수라는 것을 확인할 수가 있었다. 일제에 항거한 탓으로 해방 두 달 전에 참살당한 그의 영혼이 26년 동안 이역에서 방황하다가 드디어 고산故山의 품에 묻히게 된 것이다.

동시에 탁인수에겐 입대 전에 결혼한 부인이 탁인수의 유복

자를 성인시키고 그냥 수절의 생활을 하고 있다는 사실도 알았다. 자그마하나마 26년 전 같은 운명에 묶였던 친구들의 정성으로 부산항을 굽어보는 양지바른 언덕에 순국열사로서의 그를 송덕하는 비를 세웠다.

그러나 나는 내게 과해진 문제가 낙착을 보았다고는 생각하지 않는다. 사람이 사람답게 살 수 있는 세상이 되려면 인과의 법칙이 일월성신의 운해처럼 분명해야 하는 것이다. 선인善因엔 선과善果가 있고 악인惡因엔 악과惡果가 있어야 한다. 이러한 섭리의 보람을 다하기 위해서 섭리는 우연이란 계기를 통해 필요로 한 사람을 소명한다. 나는 탁인수에 관한 섭리를 위해 분명히 섭리를 받은 사람이었다. 그런데 나는 그 소명의 명분을 다하지 못했고 나의 게으름과 나의 비겁함으로 인해서 섭리의 톱니바퀴를 어긋나게 비틀어놓은 결과가 되었다.

고발해야 할 일을 고발하지 않는 것은 스스로의 겁타怯惰만으로서 끝나는 노릇이 아니고 인과의 섭리를 어긋나게 하는 범죄행위이며 증언해야 할 것을 회피하는 것은 섭리의 법정에서의 위증 행위가 된다고 볼 때 나는 천제天帝의 심판 앞에서는 장병중과 공범이 되는 것이다. 인과의 섭리가 일월성신의 운행처럼 정연하지 못한 탓이 나 같은 인간의 게으름과 비겁함 때문이라고 생각할 때 우울하지 않을 수 없다.

이런 경우 나는 부득이 마르크 블로크에게 물어보고 싶은 마음이 된다.

“블로크 교수, 당신이 나의 처지가 되었더라면 어떻게 하셨겠습니까?”

“…….”

“섭리의 소명을 받았다고 생각하면 자기를 희생하더라도 결단적인 행동을 일으켜야 하는 것이 옳지 않았을까요. 당신이 리옹에서 레지스탕스를 한 것처럼…….”

“…….”

“탁인수나 당신 같은 희생자를 한 세대에 수백만 명씩 생산하고 있는 상황 속에 앉아 역사의 합리적 설명이 가능하다고 보십니까, 블로크 교수!”

“…….”

“인과의 섭리가 행해지지 않고 악인을 쌓은 인간들이 아직도 히틀러처럼, 무솔리니처럼 설치고 있다면, 그런 상황을 그대로 허용할 수밖에 없다면 역사를 위한 변명이 무슨 소용이 있겠습니까.”

“…….”

“역사가 인생에 유익하려면 악의 원인을 철저히 캐내어 그것을 근절하는 방법을 만들어내야 하지 않겠습니까?”

그제야 겨우 블로크 교수는 입을 연다.

“역사에 있어서의 유일한 원인의 탐구란 일종의 미신이며, 책임자를 가려내려고 하는 가치판단의 교활한 형식에 불과하다. 공죄가 어느 편에 있느냐고 재판관은 묻는다. 학자는 왜라고 묻고 그 답안이 단순할 수 없다는 결론으로 만족해버린다. 원인의 일원론은 역사의 설명에 있어서 장애물일 따름이다. 역사는 원인의 의도를 파악해야 한다.”

나는 이 블로크 교수의 말을 다음과 같이 풀이하기로 한다.

“역사는 원인을 파도로서 파악해야 하는데 그 파도에 휘말려 익사할 경우도 있다고.”

동시에 이런 말도 들린다.

“섭리의 소명에 용감하게 응해야지만 섭리는 너를 소명한 것으로 작용을 정지하는 것이 아니라 보다 큰 규모로 보다 치밀하게 그물을 치고 작용한다. 그러나 섭리란 것을 나는 싫어한다. 섭리가 등장하면 역사는 퇴장해야 하니까.”

나는 초조하게 반박해본다.

“역사를 위한 변명이 가능하자면 섭리의 힘을 빌릴 수밖에 없을 텐데요.”

이때 마르크 블로크 교수는 내게 부드러운 웃음을 보내며 말한다.

“서둘지 말아라. 자네는 아직 젊다. 자네는 역사를 변명하기 위해서라도 소설을 써라. 역사가 생명을 얻자면 섭리의 힘을 빌릴 것이 아니라 소설의 힘, 문학의 힘을 빌려야 된다.”

“어디 역사뿐일까요. 인생이 그 혹독한 불행 속에서도 슬기를 되찾고 살자면 문학의 힘을 빌릴 수밖엔 없을 텐데요.”

그러면 마르크 블로크의 대답이 돌아온다.

"그렇다. 나도 문학을 외면한 어떤 인간의 노력도 인정하지 않는다."

간혹 이렇게 마르크 블로크 교수를 비롯한 철학자와 문인들과 밤을 새워가며 대화를 나눠보는 것이지만 탁인수의 죽음과 마르크 블로크의 죽음. 그리고 이와 유사한 죽음을 한 세대에 수백만 명씩 만들어내고 지금 이 순간에도 그러한 죽음이 세계 도처에 깔려 있을 것을 생각하면 역사를 위한 변명은 고사하고 인생을 위한 변명조차 성립할 수 없다는 느낌에 사로잡힌다.

그러나 뭣인가 변명에의 노력 없이 우리는 살아갈 수가 없다.

생각에 따라서는 우리가 살고 있는 하루하루가 변명에의 시도인 것이다.

가을의 밤이 깊었다.

나는 이제 막 써놓은 원고의 부피를 보면서 이것이 탁인수에 대한 나의 변명이 될 수 있을까 하고 생각해본다.

어느덧 일기 시작한 가을의 밤바람이 창틀을 흔들고 나가는 소리가 쓸쓸하다. 그 바람 소리를 타고 들려오는 탄식이 있다.

秋墳鬼唱鮑家詩 恨血千年土中碧.

"원한에 사무친 사람의 피는 천년이 가도 흙 속의 벽옥처럼 완연하리라"라는 아득히 천년의 저편에서 들려오는 이하의 탄식이다.

삐에로와 국화

삐에로와 국화

법원 서기과로부터의 전화라고 듣고 강신중 변호사는 수화기를 들었다.

"영감님 차례가 돌아왔는데요."

귀에 익은 목소리가 흘러나왔다.

"차례가 또 뭐요?"

강신중은 알면서도 이렇게 물었다.

"아시지 않습니까. 국선 변호인입니다."

"벌써 그렇게 됐나?"

하고 강신중은 약간 상을 찌푸렸다. 며칠 후 친구들과 소백산에 가기로 예정을 잡아놓고 있던 터였다.

"공판이 언젠데요?"

"5월 11일 오후 2시로 돼 있습니다."

"5월 11일이면……."

하고 강 변호사는 망설였다. 예정대로 한다면 그땐 소백산에 가 있을 무렵이다. 강신중의 망설임을 눈치챈 모양으로 상대방은

"사정이 있으시면 차례를 바꿔도 무방합니다만."

선심을 쓰듯 말했다.

"그럴 것 없소. 하겠소."

하고는 강신중이 물었다.

"무슨 사건이오?"

"간첩 사건입니다. 임수명이란."

간첩 사건이면 그다지 신경이 쓰일 일은 아니다.

"하여간 좋습니다."

강신중은 전화를 끊고 메모를 했다.

'5월 11일. 오후 2시. 간첩 임수명. 국선 변호.'

그러고는 일어서서 창가에 가 섰다. 빌딩의 7층에서 내려다뵈는 거리엔 5월의 태양이 꽉 차 있었다. 골목마다엔 사람들이 넘치고 있었다.

'아무래도 사람이 너무 많아!'

이건 거리를 내려다볼 때마다 느끼는 감상이었다. 강신중은 범죄가 많은 것은 사람이 너무 많은 까닭이라는 나름대로의 철학을 가지고 있었다.

문득 소백산의 신록이 거리의 풍경에 겹쳐진 채 눈앞에 펼

처졌다. 맑은 개울물 소리가 귓전을 스쳤다.

'이러다 금년엔 소백산엘 못 가고 말지 모르겠구나.'

강신중의 고향은 소백산 줄거리의 어느 두메에 있었다. 지금은 먼 친척이나 있을까. 가까운 계루라곤 한 사람도 없는 곳이었지만 소년의 꿈을 가꾼 그곳을 그는 잊지 못했다. 한 해에 한 번 그곳을 찾는 것이 강신중에게 있어선 연례행사처럼 되어 있었다.

자리로 돌아와 앉은 강신중은 소백산에 같이 가기로 약속한 친구들에게 전화를 걸기 시작했다. 간단하게 사정 설명을 하고,

"미안하게 됐어."

하는 말을 덧붙였다.

모두들 사정이 그렇다면 할 수 없지, 하는 수월한 대답이었는데 소설을 쓰는 일을 직업으로 하고 있는 Y만은 투덜댔다.

"모처럼 소백산 구경을 하게 됐다고 잔뜩 들떠 있는데 그거 무슨 소리야."

"소백산 가는 건 기분이고 못 가게 된 것은 직업 탓 아닌가."

"헌데 그 국선 변호란 건 바꿀 수도 없나?"

"바꿀 수도 있지. 하지만 놀러 가기 위해 의무를 등한히 할 순 없잖나."

"육법전서 삶아 먹은 것 같은 소릴 하는군. 그런데 무슨 사건이구?"

"간첩 사건."

"북에서 넘어온 간첩인가?"

"그럴 테지."

"대단한 사건이구나."

"대단치도 않아."

"대단하지 않다구? 간첩이면 사형이 되는 것 아냐?"

"그럴지도 모르지."

"그런데 그런 걸 대단하지 않다는 말이 변호사 입에서 나와."

"그런 결정적인 사건엔 변호사가 간여할 폭이란 게 없는 거다. 그러니까 변호사의 입장으로선 대단하지 않아도 될 수 있지."

"자네마저 매너리즘에 빠졌구나."

하며 Y는 그런 사건일수록 성의를 다해야 한다는 말을 늘어놓았다.

자기는 변변찮은 작가이면서도 남에겐 완전무결한 변호사가 되란다.

강신중은 쓴웃음을 지었다.

"이봐, 명색이 소설가라고 자부하는 인간이 변호사도 직업이란 걸 모르나? 시시한 소리 그만 집어치우게. 나중에 만나 대포나 한잔하자."

라며 전화를 끊으려는데 Y의 말이 잇따랐다.

"하여간 그 사건은 치밀하게 다뤄봐. 그리고 재료를 내게 제공하도록 말야. 혹시 걸작 소설의 소재가 될지 아나."

"서툰 요리사에겐 아무리 좋은 재료를 갖다 안겨도 돼먹지 못한 요리밖엔 못 만드는 거여. 대리석이면 모두 예술 작품이 되나? 미켈란젤로가 있어야만 대리석도 예술이 되는 거다."

강신중이 야무지게 한 방 놓았다 했는데 Y는 바람을 받은 수양버들이다.

"재료 덕택으로 멕이는 수도 있느니."

"알았다, 알았어. 오후 7시쯤 요 아래 다방으로 나와."

강신중은 전화를 끊고 소파로 옮겨 앉아 담배를 피워 물었다. 5월의 하늘이 창 너머로 흰 구름을 메우고 있었다.

점심을 먹고 강신중은 법원으로 갔다. 간단한 수속을 끝내 놓고 N검사실에 들렀다. 임수명의 국선 변호인이 된 김에 그 기록을 한번 보고 싶었던 것이다. 굳이 그럴 것까진 없었지만 아까 Y가 한 말이 되살아났기 때문이었다. 간첩 사건이란 재료를 안겨놓으면 그 옹졸한 소설가의 펜도 뜻밖인 비약을 할 수 있을지 모를 일이란 생각이 들기도 했다.

N검사가 엉거주춤한 표정으로 강신중을 맞았다. 그제야 강신중은 한 달쯤인가 전에 법정에서 그와 다부진 응수가 있었다는 사실을 상기했다. 그리고 그 후론 처음으로 만나는 것이다. 공적인 일로 공적인 장소에서 싸웠던 일이므로 강신중은 예사로이 지나쳐버린 건데 젊은 검사는 아직도 그 일을 잊지

못하고 있는 거로구나, 하는 생각이 들었다.

강신중과 N검사의 연령 차는 열 살 이상이었다. 강신중의 나이는 45세다.

강신중이 N검사의 옆자리에 놓인 의자에 앉았다. N검사가 담배를 권했다.

"오늘 날씨가 좋은데요."

"임수명의 국선 변호를 맡았는데요. 기록을 좀 보여주실 수 없습니까."

"임수명? 아아, 간첩 사건이군요."

하더니 N검사는,

"보여드리죠. 국선인데도 영감은 역시."

하며 캐비닛에서 서류를 꺼내 강신중에게 건넸다. N검사의 얼굴엔 계속 엷은 미소가 있었다.

'이 사건으로 또 물고 늘어질 참인가?'

하는 함축이 섞인 웃음일지도, 그저 단순한 의례적인 웃음일지도 몰랐다.

"그럼 잠깐 실례하겠습니다."

하고 강신중은 그 서류 뭉치를 집어 들고 응접 탁자가 놓인 곳에 있는 소파로 옮겨 앉았다. 서류의 부피는 뜻밖에도 얄팍했다.

성명은 임수명, 나이는 45세, 본적과 주소는 평양……. 이런 형식적인 부분에 이어 기록은 다음과 같이 전개되고 있었다.

문 무슨 목적으로 대한민국에 침입했는가?

답 도청자를 죽일 목적으로 침입했습니다.

문 도청자가 누구냐?

답 사명을 띠고 왔다가 자수한 반역자입니다.

문 무슨 사명인가를 설명해봐라.

답 그건 나도 모릅니다.

문 그것도 모르면서 반역자 운운할 수가 있는가.

답 그렇게 듣기만 했습니다.

문 누구로부터 그렇게 들었는가?

답 지도원으로부터 들었습니다.

문 이름이 뭣인가?

답 최 지도원이라고만 알고 있을 뿐 이름은 모릅니다.

문 지도원이라면 어디 소속이 있을 것 아닌가.

답 그것도 모르겠습니다.

문 대남 공작부가 아닌가?

답 그럴지도 모르겠습니다만 나는 아는 바 없습니다.

문 도청자에 대해서 아는 대로 말하라.

답 도청자는 한때 열렬한 당원이었다고 들었습니다. 국가로
    부터 많은 명예를 받기도 했다는 것입니다. 그런데 반동
    에게 매수되어 인민과 조국을 배신한 반역자가 되었다고

합니다. 그런 자를 살려놓는 건 조국을 위해서 큰 손실이
라고 했습니다.

문 도청자를 기왕 만난 일이 있는가?

답 서로 만나서 얘기한 적은 없습니다만 먼빛으로 그 여자를
본 적은 있습니다.

문 그래 도청자를 어떻게 했어?

답 어떻게 하기 전에 그 여자는 죽고 없었습니다.

문 그 밖의 임무는 뭣인가?

답 그 밖엔 없습니다.

문 그럴 리가 있는가. 바른대로 말하라!

답 내 임무는 도청자를 죽이고 돌아가는 것, 그것 하나뿐입
니다. 다른 임무는 전연 없습니다.

문 어떻게 죽일 작정이었던가?

답 기회를 포착해서 적당한 수단을 쓸 작정이었습니다.

문 구체적으로 말해보라.

답 손으로 목을 졸라 죽일 수도 있고 칼로 찔러 죽일 수도 있
고 독침으로 죽일 수도 있습니다.

문 그럼 무기를 가지고 왔겠지.

답 무기는 가지고 오지 않았습니다.

문 권총쯤은 가지고 왔겠지.

답 가지고 오지 않았습니다.

문 바른대로 말해. 권총은 어디다 버렸나?

답 가지고 오지 않았습니다.

문 독침은 가지고 왔겠지.

답 독침을 가지고 올 필요는 없었습니다. 주사기를 사고 청산가리만 사면 간단하게 만들 수가 있습니다.

문 침입한 날짜를 말하라.

답 197×년 10월 8일입니다.

문 그동안 2년이나 지났는데 다른 임무도 없이 머물러 있을 필요가 없었던 것이 아닌가?

답 접선이 잘 안 되어 돌아갈 수가 없었습니다.

문 어떤 경로로 들어왔는가?

답 원산 근처에서 배를 타고 남하해선 고무보트로 갈아타고 주문진을 조금 지난 곳에서 내렸습니다.

문 서울로 들어온 것은?

답 하두 피곤해서 주문진의 어느 주막집에서 자고 9일 아침 버스를 타고 서울로 들어왔습니다.

문 도중에서 검문을 받은 일이 없었던가?

답 있었습니다.

문 그때 어떻게 했는가?

답 북에서 준비해준 주민등록증을 내보였더니 아무 말 없이 통과시켜주었습니다.

문 그 뒤 서울에 와서 체포될 때까지의 행동을 말하라.

답 경찰에 진술한 그대로입니다.

문 다시 한 번 말해보란 말야.

답 청량리에 도착한 것이 오후 5시쯤 되었습니다. 그리고 곧 동영출판사라는 곳으로 전화를 했습니다. 그곳에 전화를 걸면 도청자가 있는 곳을 알게 될 것이라고 북에서 교육을 받았으니까요. 전화를 했더니 그런 사람 모른다고 했습니다. 그래 당신네 출판사에서 그 사람의 책을 냈는데 어떻게 모를 수가 있느냐고 했더니 다른 사람으로 바뀌었습니다. 그 사람의 말이 도청자 씨가 죽은 지 벌써 오래되는데 죽은 사람을 찾는 당신은 도대체 누구냐고 되물었습니다. 나는 하두 당황해서 얼른 수화기를 내려버렸습니다. 그러고는 곧 후회를 했습니다. 신변이 위험하니 그런 속임수를 쓰는 게 아닌가 하구요. 그러나 정신을 돌리고 차차 알아볼 작정을 했습니다. 신설동으로 나와 어떤 음식점에서 요기를 하며 시골서 취직하러 서울로 온 사람인데 어디 적당한 하숙이 없겠느냐고 물었습니다. 하숙비는 선금을 내겠다고 했습니다. 음식점 주인은 바로 가까운데 그럴 만한 곳이 있다고 하면서 나를 데려다 주었습니다. 그 집은 유인수란 사람의 집이었습니다. 두 끼 먹고 한 달에 5만 원을 내기로 하고 선금을 주었습니다. 그때 생각으론 열흘쯤 있으면 돌아갈 수 있을 것이다 싶어 열흘 동안의 것만 줄까 하다가 혹시 의심이나 받지 않을까 해서 그렇게 한 것입니다. 그 이튿날 나는 신문사로 갔습

니다. 안착했다는 것을 광고로써 알리게 되어 있었거든
요. 그때 사용할 암호문은 '청주에서 온 정순이를 찾습니
다' 하는 것이었습니다. 임무를 완수했을 때의 광고 문안
은 '정순이를 찾았으니 영동에 사는 아저씨는 주소를 알
리시오' 하는 것인데 나는 약간 곤혹을 느꼈습니다. 도청
자가 죽었다는 데 대한 암호문은 준비하지 않았거든요.
부득이 임무를 완수했을 때의 것을 대신해야 하는데 그러
자면 같은 날 두 가지의 광고를 할 순 없었기 때문입니다.
나는 우선 안착을 알리는 광고만을 내기로 했습니다. 광
고를 낼 신문은 S신문으로 하기로 미리 정해놓고 있었던
것입니다. 그리고 돌아오는 길에 동대문시장의 책 가게에
들러 도청자가 쓴 책을 입수했습니다. 교육을 받을 때 인
민과 조국을 팔기 위해 뻔뻔스러운 거짓말을 한 책이라고
듣고 있었기 때문에 꼭 그 책을 구해 읽어야겠다고 마음
먹고 있었거든요. 그 책 가게에서도 도청자가 병사했다는
사실을 확인했습니다. 하숙으로 돌아와선 그 책을 읽으며
이틀을 지냈습니다. 사흘째 되던 날부터 취직을 했다는
거짓말을 하고 거리를 나다녔습니다. 일주일 후에 임무를
완수했다는 광고를 내고부턴, 매일 S신문을 사 들고 다방
에 앉아 있는 것을 일과로 했습니다. 내가 북으로 돌아가
는 방법과 일자가 S신문 광고에 나기로 되어 있었기 때문
입니다. '갑순이 몇 월 며칠에 안산'이라고만 되어 있으면

그 날짜의 꼭 한 달 뒤의 밤에 내가 올 때 내렸던 지점에 가서 기다리기로 되어 있고, '남아 안산'이면 삼척에서 5킬로미터쯤 남쪽의 해안, '여아 안산'이면 근덕에서 역시 5킬로미터쯤 남쪽의 해안, '쌍둥이 안산'이면 사천에서 5킬로미터쯤 북쪽의 해안, 이렇게 정해놓고 있었던 것입니다. 물론 예상 지점은 미리 답사해서 지리를 익혀놓기도 해야 했습니다. S신문에 광고가 난 것은 그로부터 해가 바뀌고 난 뒤의, 정월 7일께쯤 되었습니다. '갑순이 1월 5일 안산'이라고만 있었기 때문에 나는 주문진 그곳으로 가서 추운 밤인데도 벌벌 떨고 기다렸습니다. 그러나 소식이 없었습니다. 그 무렵엔 돈도 떨어지고 해서 죽을 지경이었습니다. 3만 원이나 주고 하숙할 형편도 안 되어 마포로 옮겨 와서 날품팔이를 했습니다. 그러면서도 계속 S신문을 보았으나 북으로부터의 연락은 없었습니다. 그리고 어언간 2년 가까운 세월이 흘렀습니다. 이상이 내가 체포될 때까지의 경위 전부를 말씀드린 것입니다.

문 그동안 접선한 사람이 있겠지.

답 전연 없습니다.

문 여기서 지휘하는 고정간첩이 있었을 것 아닌가.

답 나는 아는 바 없습니다.

문 똑바로 대는 것이 네게 유리할 거다. 바른대로 말해.

답 접선한 사람은 전연 없습니다.

문 하나의 연고자도 없었나?

답 없었습니다.

문 서울의 지리를 꽤 잘 아는 모양인데, 서울에 온 적이 이번
말고 또 있지?

답 일제강점기 일본 놈 상점에 2년 동안 고용살이한 적이 있
습니다.

문 그때 안 사람이 있을 것이 아닌가?

답 다소는 있었겠지만 하도 오래되어 알 수가 없습니다.

문 6·25 동란 땐 어디에 있었는가?

답 사리원의 병기 공장에서 직공 노릇을 하고 있었습니다.

문 병정으로 일선에 나가본 적은 없는가?

답 병기 공장의 직공은 병역이 면제되어 있었습니다.

문 그 정도라면 대단한 숙련공인가 본데 어떻게 그런 사람을
간첩으로 내려보냈단 말인가?

답 지금 이북에선 그 정도의 숙련공은 많습니다.

문 말투가 전혀 이북 사람 같지 않은데, 넌 남쪽에서 넘어간
사람이지?

답 이남 말을 밀봉교육 받을 동안 철저하게 익혔습니다.

문 도청자의 책을 읽어보니 감상이 어떻던가?

답 일일이 옳다고 생각했습니다.

문 그런데 왜 자수할 생각을 하지 않았는가?

답 …….

문 그 책을 읽고 그 속에 쓰인 것이 옳다고 생각했으면 자수
할 마음을 먹어봄 직도 하지 않은가. 무슨 끔찍한 일을 저
질렀거나, 아니면 또 다른 사명을 띠고 있거나 한 것이 아
닌가?

답 조사를 해보시면 알 것 아닙니까. 경찰에서 이미 조사를
하기로 했구요. 나는 끔찍한 일을 한 적도 없고 다른 사명
을 띠고 있는 것도 아닙니다.

문 그런데 왜 북쪽에서 돌아오라는 연락이 없는가?

답 지금 생각하니 나 같은 놈 하나쯤은 어떻게 되어도 좋다
는 결정을 내린 것이 아닌가 싶습니다. 아니면 이미 몇 년
전에 죽은 도청자를 죽지 않은 것으로 알았다는 죄과로
나를 보낸 사람들이 숙청된 때문일지도 모릅니다. 아니면
나에 관한 연락 책임을 맡고 있던 이곳의 고정간첩에게
무슨 사고가 생겼는지도 알 수가 없습니다.

문 그런 것까지 생각하면서도 자수를 안 했어?

답 …….

문 너희들이 말하는, 이를테면 당성이 강한 놈이로구나.

답 …….

문 도청자가 쓴 글에 공감을 느꼈다면 김일성이 민족의 반역
자라는 것을 알았을 것 아닌가.

답 …….

문 도청자가 살아 있다면 넌 그 여자를 죽였겠지.

답 예.

문 그 책을 읽고 공감을 했으면서도 죽였겠나?

답 예.

문 한심스러운 놈이로구나. 네가 북에서 넘어올 때 무슨 물건을 가지고 왔는지 말해봐.

답 양복 한 벌하고 돈 30만 원, 미화 200불, 그리고 주민등록증 그것뿐입니다.

문 무기를 숨겨둔 곳을 대라.

답 무기는 가지고 오지 않았습니다.

문 사람을 죽일 목적으로 침입한 놈이 무기 없이 올 까닭이 있나. 이치에 닿는 말을 해라.

답 나는 무기 없이도 사람을 죽일 기술을 밀봉교육 받을 동안 익혀 왔습니다.

문 무슨 기술인데?

답 목 조르는 기술, 주먹으로 뒤통수를 치는 기술, 독침을 사용하는 기술…….

문 독침은 어떻게 했나?

답 아까 말한 것처럼 필요하면 만들 작정이었는데 필요가 없어서 만들지 않았습니다.

문 이북에 있을 때 계급이 뭐야?

답 계급은 노동계급입니다.

문 지위가 뭐냐 말이다.

답 지위랄 것도 없습니다. 평양 제2철공소의 제5조 세포장
  이란 것이 밀봉교육을 받기 전의 직책이었습니다.

문 정식 노동당원이었단 말이지?

답 당원이 아니면 세포장이 될 수 없습니다.

문 하필이면 네가 대남 간첩으로 뽑힌 이유라도 있나?

답 잘은 모르겠습니다만 당성이 강한 데다 사람이 단순하고 게
  다가 다소 완력이 센 까닭으로 발탁된 것이 아닐까 합니다.

문 밀봉교육은 언제부터 받았나?

답 1969년 11월부터 받았습니다.

문 장소는?

답 평양 교외 을밀대 근처였습니다.

문 몇 명이나 같이 받았나?

답 나 혼자만 받았습니다.

문 네가 밀봉교육을 받기 직전에 소속했던 곳의 당 조직을
  말해봐라.

답 (생략)

문 네가 아는 대로의 조직 체계를 말해보라.

답 (생략)

문 너의 성장 과정을 말해보라.

답 평양에서 국민학교를 졸업하고 서울 황금정의 나베시마
  란 일본인 가구점에서 고용살일 하다가 해방이 되어 고향
  에 돌아가선 진남포의 철공장에 직공으로 들어갔습니다.

전쟁이 나기 1년 전에 사리원 병기 공장으로 뽑혀 왔습니다. 공산당에 입당한 건 그때였습니다. 전쟁이 끝나고도 5년간 거기 있다가 평양으로 와서 제2철공소 직공이 되었습니다. 제5조 세포장이 된 것은 4년 전입니다.

문 가족 상황을 말해보지.

답 부모님은 돌아가시고 안 계십니다. 형님이 셋 있었는데 하나는 전쟁 때 죽었습니다. 내가 끝입니다. 누님이 하나 있습니다. 그리고 처와 아들 하나, 딸 둘이 있습니다.

문 지금이라도 회개할 생각은 없나?

답 …….

문 지금이라도 회개할 뜻을 표하면 죄가 가벼워진다. 그런데도 회개할 마음이 없어?

답 …….

문 처자식이 보고 싶지 않나? 처자식이 보고 싶으면 어떻게든 살아날 궁리를 해야 할 것이 아닌가.

답 단념하고 있습니다.

문 단념은 너무 빨라. 지금이라도 늦지 않으니 조국의 품 안으로 돌아오겠다고 마음을 고쳐먹어봐.

답 …….

문 그렇겐 못 하겠단 말인가?

답 …….

문 할 수 없군. 특별히 할 말은 없나?

답 없습니다.

심문조서는 그것으로 끝나 있었다. 그 밖에 경찰이 붙인 의견서, 현장 검증서, 증언 청취서 등이 첨부되어 있었으나 보나마나한 것이었다.

강신중은 약간 피로를 느꼈다.

피의자를 심문하다 말고 N검사가 얼굴을 강신중에게 돌리며 말했다.

"간첩 사건치곤 싱겁죠?"

"그런 느낌이 있네요."

강신중이 일어서서 임수명의 기록을 N검사의 책상 위에 놓았다.

"기록을 보여주셔서 감사합니다."

"천만에요. 그런데 이 사건 갖곤 영감님과 시비할 건덕지가 없을 것 같죠?"

하며 N검사는 웃었다.

"글쎄요."

강신중은 애매한 웃음을 띠고 물었다.

"면회는 할 수 있겠죠?"

"물론입니다."

강신중은 그길로 서대문 구치감으로 갔다. 그는 원래 국선 변호인이라고 해서 변호사로서의 임무를 소홀히 하는 그런 성격은 아니었지만 단순히 그런 임무감만으로 바로 그날 임수명을 찾을 생각을 한 것은 아니었다.

다년간 단련된 직업적인 후각으로 그 심문조서 전체에서 풍겨 나오는 일종의 조작감, 굳이 말하면 허위의 냄새를 맡았다. 자기의 죄를 은폐하기 위해서, 또는 김일성 집단을 찬양하기 위해서 꾸민, 그런 거짓이 아니라 뭔가 가장 중요한 부분을 감추고 있다는 느낌이었다.

N검사에겐 그런 말을 안 했고, 또 할 필요도 없었지만 도청자의 수기를 읽고 일일이 옳다고 공감했다면서 회개할 마음이 없느냐고 거듭 물었을 땐 완강하게 답변을 거부하고 있는 그 점이 우선 마음에 걸려 임수명을 빨리 만나볼 생각을 강신중이 한 것이다.

앞뒤로 교도관의 호위를 받고 변호사 접견실엘 들어오는 임수명을 보는 순간 강신중은 막연하게나마 지니고 있던 뭔가 석연찮은 기분이 확실히 근거가 없지 않은 것이라고 느꼈다.

후리후리한 키, 이목구비가 큼직큼직하게 단정한 윤곽, 가득 슬픔이 고여 있긴 했으나 그런대로 맑은 눈동자, 이와 같은 것이 풍겨내는 그 분위기로써

'이자는 간첩이 아닐지도 모른다.'

'간첩이라도 특수한 간첩이다.'

하는 상념을 강신중의 마음속에 일게 했다.

임수명은 가볍게 머리를 숙이고 앉았다. 정상의 머리는 거의 반백이 되어 있었다. 강신중은 조심스럽게 입을 열었다.

"임수명 씨죠?"

"그렇습니다."

부드러운 목소리였다. 이북의 사투리가 조금도 느껴지지 않는⋯⋯.

밀봉교육이란 게 그처럼 효과가 있는 것일까, 하는 생각을 새삼스럽게 해보도록 하는 말투였다.

"나는 강신중입니다. 임수명 씨의 변호를 맡은 변호사입니다."

"변호사를 부탁한 적이 없는데요."

"본인이 변호사를 선임하지 않을 경우엔 나라가 변호사를 붙여주도록 대한민국의 법률은 그렇게 돼 있습니다."

"난 변호사가 필요 없는데요."

역시 부드러운 말투였다.

강신중은 너무 딱딱하게 시작해선 안 되겠다고 생각했다."

"도청자 씨의 수기를 읽으셨다죠?"

"예, 읽었습니다."

"일일이 옳다고 공감하셨다는데."

"사실 그대롭니다. 그 수기는 옳았어요. 감동적이기도 하구요."

"그렇다면 조금 생각해야 할 문제가 아닙니까?"

“뭘 생각한단 말입니까?”

“마음의 방향을 말입니다.”

“내가 도청자 씨처럼 돼라! 이 말씀인가요?”

“꼭 그렇게 하라는 것은…….”

“옳다고 느꼈다고 해서 그 사람과 같이할 순 없는 것 아닙니까. 공감했다고 해서 그대로 따를 순 없는 거구요.”

강신중의 확신은 굳어졌다. 임수명은 결단코 국민학교를 나오면서부터 일본인 상점에 고용살일 한 사람도 아니고 청장년 시절을 철공소의 직공으로서 보낸 사람일 수가 없는 것이었다. 철공소의 숙련공이면 날품팔일 해서 어려운 생활을 지탱할 까닭도 없다. 영등포 등지의 군소 철공장엔 그러한 숙련공이 부족해서 야단들인 것이다.

그런 건 더 덮어두고라도 직공 생활로 20여 년을 지낸 공산당원이 ‘공감했다고 해서 그대로 따를 순 없는 것’이란 소피스티케이트한 발상을 할 도리가 없다.

그러나 섣불리 그런 의욕을 표명할 수는 없었다.

“어디 아프신 데는 없습니까?”

“불행하게도.”

하고 그는 쓸쓸하게 웃었다.

얼굴의 피부가 누르스름한 병색이기에 물어본 말인데 건강할 때면 윤기가 흐르는 하얀 피부 빛이었을 것이었다.

“당신은 간첩 같은 그런 건 아니지 않습니까?”

강신중이 가볍게 물었다.

"내가 간첩일 순 없죠. 기밀을 탐지하거나 정보를 캐내서 연락하거나 하는 것은 할 작정도 없었고 하지도 않았으니까."

"그럼 뭡니까?"

"구식으로 말하면 자객이라고나 할까요."

"내 생각으론 당신은 그런 정도도 안 되는 것 같애. 요컨대 당신 같은 사람을 북괴가 남파했다는 사실 그 자체가 의심스럽단 말요. 어떻게 당신 같은 사람을, 북괴의 정보기관은 지독하다고 들었는데, 어떻게 남파를 했을까요?"

"내가 그처럼 호락호락해 보입니까?"

"아닙니다. 그런 뜻이 아니구."

"그런 뜻이 아니면 검사가 못다 한 질문을 대신해서 보충하자는 겁니까?"

여전히 부드러운 말이었으나 강신중의 귀엔 거칠게 들렸다.

"오해하지 마십시오. 대한민국에선 변호사와 검사의 직분이 명백하게 구별되어 있습니다. 아무리 악질적인 범인의 경우라도 변호를 담당한 자가 검사에게 도움을 주는 짓은 안 합니다. 당신도 이 땅에 한 2년 살아보셨으면 그만한 건 아실 것 아닙니까."

"그러나 내겐 변호사가 필요 없습니다."

하고 임수명은 일어섰다.

강신중은 굳이 그를 붙들어 앉힐 필요가 없다고 느꼈다. 물어보고 싶은 말, 풀어보고 싶은 수수께끼가 너무나 많았지만 한꺼번에 쏟아놓았다간 되레 오해를 살 우려마저 있었다.

강신중도 따라 일어섰다. 일어선 채 다음과 같이 말했다.

"당신은 나를 필요로 안 한다지만 나는 당신을 위해 최선을 다할 참이오. 이미 마지막 결심까지 하고 계시는 것 같습니다만 마음을 그렇게 각박하게 먹을 필요가 어디에 있겠소. 지금, 이 순간부터 나는 당신의 유일한 편이오. 이 사실만은 잊지 않도록 바라겠소."

그러나 임수명은 아무런 반응도 보이지 않고 무표정한 얼굴로 걸어 나가버렸다.

강신중의 경험에 의하면 간첩엔 세 종류가 있다. 하나는 치명상을 입은 개가 주인을 바라보는 눈빛으로 변호사에게 애원을 한다. 살려만 달라고 빈다. 처음부터 그런 태도로 나오는 경우도 있고, 이때까진 거만하게 굴다가 돌연 그런 태도로 변하는 경우도 있다.

또 하나는 전신이 독기의 덩어리처럼 되어 있는 사람이다. 그 입에선 저주밖엔 나오지 않는다. 변호사를 보곤 '시바이(연극) 집어치우라'고 악을 쓴다. 혁명이 성공한 그날, '네놈들의 자자손손에 이르기까지 용광로에 집어넣어 태워 죽일 거'라고 으름장을 놓기도 한다.

또 하나는 설교형이다. 얄팍한 팸플릿에 담긴 정도의 지식을 구사해서 변호사를 구워삶으려고 한다. 굶주린 이리와 같은 눈을 하고 있으면서도 애써 점잔을 빼려고 서둘며, 반동 변호사 하나라도 개종시켰다는 자부심을 가지려고 애쓰는 꼴이야말로 목불인견이다.

그런데 임수명은 이 세 가지 구분 어느 것에도 해당이 되질 않았다. 영웅 의식을 휘두르는 법도 없고 그렇다고 해서 비굴하지도 않고, 뿐 아니라 대한민국에 적대 의식을 가지고 있는 것도 아니고, 솔직하게 진상을 털어놓는 것도 아니고, 그러면서 모든 것을 체관하고 있는 듯도 하고……. 그러한 태도란 십수 년 변호사 노릇을 하고 있는 강신중으로서도 처음 보는 것이었다. 자기의 운명을 체관해버린 공산주의자는 차돌처럼 다부지다. 그리고 비정하고 가혹하다. 이와는 반대로 체관하지 못한 공산주의자는 빈사 상태에 있는 개 꼴을 닮는다. 헌데 임수명은 이것도 저것도 아니었다.

사무실로 돌아온 강신중은 사환을 동대문 근처의 책 가게로 보내 도청자가 쓴 책을 한 권 구해 오라고 시켰다.

거물 여간첩으로서 전향한 도청자의 이야기는 강신중도 들은 적이 있었다. 그러나 바쁜 나날을 보내다가 보니 별다른 관심을 갖지 않았던 것인데 임수명의 출현으로 돌연 호기심을 느꼈다.

어떤 여자이기에 북에서 특별한 사람까지 보내어 죽이려고 했을까.

그를 죽이려고 남파한 자가, 그의 수기를 읽고 일일이 옳다
고 공감을 했다는 그 수기가 어떤 것일까.

다행히 사환은 도청자의 수기를 사 들고 왔다. 흰 바탕에 붉
은 선을 그어놓은 종이 표지는 때가 묻어 있었지만 본문 부분
은 비교적 깨끗했다. 그런데 국판 대형으로 400페이지가 넘는
부피여서 약간 비겁한 생각이 들었다.

책 제목은 《내가 반역자냐?》, 그리고 서브 타이틀은 '전향
여간첩의 수기'로 되어 있었다.

강신중은 책을 펴 들었다.

수기는 도청자가 일제강점기 진주 부청에 근무하고 있었을
무렵부터 시작하고 있었다.

해방과 동시에 좌익 운동에 가담하여 10월 폭동 때 주동자
격으로 활약했다는 얘기, 공산당 간부인 남편을 따라 서울에
와서 지하운동을 했다는 얘기들은 당시 좌익 운동을 한 사람
이면 으레 그랬으려니 하고 짐작이 되는 상식의 범위를 넘는
것은 아니었다.

그런데 남편이 체포된 직후의 일을 쓴 다음과 같은 대목은
상당히 박진력이 있었다.

……나는 사촌 동생 집을 향해 뛰었다. 때마침 그 집도 사
돈 할머니가 대문을 열고 있었다. 이른 아침에 헐떡거리며 들
어온 나를 보자 놀란 눈으로

"아니, 이 웬일이시우? 첫새벽에……."

하신다. 나는 말도 못 하고 동생 방으로 염치 불구하고 쑥 들어섰다. 놀란 눈으로 일어난 사촌은 나를 보자마자 말없이 빈방으로 밀고 들어가서

"언니! 어떻게 된 일이우? 그러잖아도 요즘 잡혀간단 말을 듣고 아저씨하고 언니가 걱정스러웠는데……. 왜 이러구 왔수? 무슨 일이 있었수?"

하고 다그쳐 물었다.

나는 입안의 침이 말라서 말이 나오지 않았다. 그런데 동생은 계속 나의 대답을 재촉했다.

"미안해. 잠깐만 쉬어 가게 해줘."

"아저씨가 어떻게 됐소?"

"……."

그는 내 표정을 살피다가 잠시 밖으로 나갔다 들어오더니

"언니 빨리 나가줘, 응! 내 시집살이 언니도 알지 않아? 빨리 나가줘요."

하는 사촌 동생은 마치 겨울철에 밥을 굶은 나그네같이 몸을 떨었다. 나는 아무런 말도 못 하고 숨을 죽이고 앉아 있었다.

"이 뒷집이 헌병 집이야. 우리 집에서 무슨 일이 생기면 우리까지도 못 살게 되잖아? 빨리 나가줘, 언니!"

"그래, 갈 테니 옷 한 벌만 빌려줘. 곧 갈게."

"난 몰라. 빨리 나가요. 언제 옷을 갈아입어."

“돈을 줄게. 한 벌만 줘. 옷을 안 주면 난 못 가.”

당황한 동생은 벽에 걸린 적삼 하나를 던져주었다.

“얘! 이건 속적삼 아니니?”

“몰라, 난, 아무거나 입고 빨리 가아.”

“속적삼을 입고 어딜 나가니……. 나를 빨리 보내고 싶거든 적삼을 하나 빨리 내줘.”

그러나 동생은 겁을 먹고 옷을 줄 것 같지 않았다.

“그럼 버선 한 켤레하고 화장품과 빗이나 빌려줘. 머리 좀 빗고 갈게.”

내가 이렇게 말하자 사촌 동생은 그만 다 죽어가는 사람처럼 되어버렸다.

나는 벌떡 일어서서 내 손으로 양복장을 열어젖히고 적삼을 찾았으나 보이지 않았다. 화장품도 빗도 보이지 않았다. 모두 건넌방에 두고 있는 모양이었다. 부득이 나는 손으로 머리형을 바꿔 빗고, 짧은 속적삼에는 너무나도 어울리지 않는 고급 치마를 걸치고 내가 벗은 원피스를,

“이건 식모나 줘라.”

하고 던졌다.

“싫어. 가져가.”

하고 동생은 내 옷도 무서워했다.

나는 부엌으로 나와 아궁이 안에 원피스를 밀어 넣고 부엌 벽에 걸린 바구니를 들고 나왔다.

막상 내가 나올 때는 사촌도 언짢은지 눈언저리에 눈물을 글썽하게 하고 있었다. 그걸 보는 순간, 나는 괘씸하다는 생각보다는 역시 죄스럽고 미안하다는 마음이 앞섰다. 사촌 동생이 인정이 없어서 냉대하는 것은 결코 아니었다. 그는 독실한 천주교 신자이며, 시모님 밑에서 된 시집살이를 하는 봉건적인 주부이니, 성품은 양과 같이 온순하지만 나와는 사상도 다르거니와 그보다 뒷일을 무서워하는 것도 무리가 아니었다.

이 대목을 읽으며 강신중은 얼핏 소설가 Y를 생각했다. Y에게 이 문장을 보였으면 하는 기분으로서였다. 그러자 곧 Y가 진주 출신이라는 데 생각이 미쳤다.

시계는 벌써 6시를 훨씬 지나고 있었다. 강신중은 도청자의 수기를 가방 속에 넣어 사환을 시켜 집에 갖다두라고 일러놓고 다방으로 내려갔다.

정각 7시에 Y가 나타났다.

"소설은 엉터린데두 시간 하나는 잘 지키누만."

강신중이 빈정거렸다. Y의 소설이 엉터리일 까닭이 없지만 그런 익살이 버릇처럼 되어 있었다. Y의 익살도 결코 만만친 않다.

"좋은 소설을 쓰게 돼봐. 너 같은 엉터리 변호사를 상대라도 하는가."

두 사람은 허물없이 웃으며 차를 마셨다.

술집으로 자리를 옮긴 뒤 강신중이 물었다.

"자네 도청자란 사람 아나?"

"도청자? 우리 고향 사람인 도청자 말인가?"

"그렇지."

"한데 난데없이 그런 건 왜 묻지?"

"혹시 자네도 아나 허구."

"우리 고향에선 명물의 하나인데 모를 까닭이 있나."

"그럼 그 사람 전향했다는 사실도 알고 있겠구나."

"알지."

"그 사람의 수기는 읽어봤나?"

"그런 게 있었던가?"

"있어. 작가라면 그런 걸 읽어봐야 하는 거여."

"그런 것 아니라도 읽을 게 너무 많아서 탈이다."

"그럼 도청자가 죽은 것도 알겠구먼."

"죽었는가? 언제 죽었어?"

"2, 3년쯤은 되는가 봐."

"흠, 죽었구나."

Y는 덤덤하게 말했으나 그 덤덤한 말투엔 숨겨진 감정이 있다는 것을 강신중이 눈치챘다.

"도청자에 관해서 아는 대로 얘기해봐."

"그 사람 얘긴 하기 싫어. 불쾌해."

Y는 정색을 하고 말했다.

"왜, 그 사람이 전향했다구?"

"천만에, 전향은 환영할 일인데 내가 불쾌해할 까닭이 있나."

"그런데?"

"하여간 얘기하기 싫어."

"하기 싫다 들으니 꼭 듣고 싶은데."

"이 친구 오늘은 왜 이러지? 난데없이 도청자 애길 꺼내기도 하구."

"그럴 까닭이 있어."

"그 까닭부터 먼저 얘기해보렴."

"자네가 걸작 소설을 쓸 재료를 내가 제공하게 될지도 모르니 순순히 얘길 해봐. 내가 한잔 딸지."

하고 강신중이 슬슬 Y를 구슬렸다.

Y는 대포 한 잔을 비우고 말을 시작했다.

"전향하는 건 좋아. 나는 환영해. 그러나 전향하는 데도 순서가 있고 방법이 있어야 할 것 아닌가. 모두가 자기 때문에 생긴 일인데 자기만 혼자 전향해버리면 어떻게 되나."

"요령 있게 말을 해요. 그런 식이니까 자네 소설이 엉터리란 말 듣는 것 아닌가. 처음부터 말해봐."

"도청자가 전향을 하는 바람에 적잖은 사람이 죽었어."

Y의 말이 시무룩해졌다.

"한 사람이 전향하는 덕으로 많은 빨갱일 잡았다면 그건 좋은 일 아닌가."

강신중이 베이스를 넣었다.

"내 말은 그게 아냐. 자기가 전향할 결심을 했으면 자기 때문에 누를 입을 사람들도 데리고 같이 자수를 했어야 했다 이 말이야."

"자수하길 거절당하면 어떻게 하나? 그래서 자기도 자수 못 할 사정이 되면 야단 아닌가."

"그만한 판단쯤은 있을 여자거든. 이 사람은 자수라는 데 동의할 사람이고 저 사람은 아니고 하는 판단력 말야. 그런데 도청자는 그러질 않았거든. 그 때문에 장본인인 자기만 살아남고 그에게 단순한 호의를 베푼 사람까지도 다 죽이게 된 거야."

"간첩의 다수는 이 사람아, 그렇게 여유 있는 행동을 못 하게 돼 있어."

"그건 나도 안다. 변호사가 아니라고 해서 상식도 없는 줄 아나? 내 말을 들어봐. 내 중학교 선배인데 박복길이란 사람이 있었어. 4형제 가운데 세짼가 아마 그럴 거야. 천진난만한 사람인데 친구들과 술 마시는 흥미밖엔 가지고 있지 않은 사람이었어. 6·25 동란 직전까진 굉장한 부자였지. 큰 고무 공장을 가지고 있었고. 그런데 이 사람들이 좌익에 정치자금을 대줬던 모양이지, 아냐, 전 재산을 몽땅 공산당에게 바친 거라. 그래 가지고 6·25 때 3형제가 월북을 한 거야. 박복길과 어머니만 남쪽에 남고, 막내 동생의 마누라도 남았지만 곧 개가를 해버렸고······."

　내가 대강 알고 있지만 그 4형제 가운데 박복길만은 공산당을 싫어했어. 그 때문에 대한민국에 남은 거야. 그런데 간첩으로 남파된 도청자는 그 집을 거점으로 활동을 한 모양이거든. 아들이 셋이나 북에 있고 보니 칠순 노모는 자기가 굶고 있으면서도 도청자에겐 불편 없이 해주었던 것 같고 박복길도 그런 사정이니 속으론 탐탁지 않았지만 괄시할 수가 없었던 거지. 그런 상황이었으니까 말야, 도청자가 자수를 할 작정이었으면 박복길에게만은 귀띔을 해서 같이 행동했어야 했어. 그렇게만 했더라도 박복길은 사형을 받진 않았을 것 아닌가."

　Y의 심정이 어떻다는 것은 소위 작가라는 사람이 두서없이 말을 엮어대고 있는 것만으로도 알 수 있었다.

　"흥분하지 말게."

　강신중이 Y의 어깨를 두들겼다.

　"흥분까지야 할 게 있냐만, 자기만 살기 위해 자기에게 호의를 베푼 사람들을 모조리 낭떠러지로 차 넣어버린 그 소위는 괘씸하지 않은가."

　"공산주의란 원래 인정을 무시하는 데서부터 시작되는 것 아닌가."

　"공산주의를 그만두고 인간으로 돌아오려고 할 때쯤은 인정을 되찾을 노력이 있어야 하는 거야."

　Y는 술맛을 잡쳤다는 듯 쓰게 입맛을 다셨다. 그리고 우울

하게 덧붙였다.

"도청자만 나타나지 않았더면 박복길은 아직 살아 있을 사람야. 혹시 자네하고도 좋은 술친구가 됐을지 모르지."

강신중은 집으로 돌아가 샤워를 하고 가방 속에서 도청자의 수기를 꺼내 들었다. 그런데 Y로부터 얘기를 들은 때문인지 아까 느꼈던 호기심은 사라지고 없었다. 직업의식만 남았다. 제법 같은 소릴 하고 있는 대목에선 뻔뻔스럽다는 느낌마저 가졌다.

그러나 그 수기는 북한의 내부를 폭로하고 있는 의미로선 대단한 것이었다. 괴뢰군이 압록강까지 밀려 올라갔을 무렵의 사정 설명은 그 나름대로의 기록문학의 가치를 인정할 만했다. 이미 국군이 점령하고 있는 지대에 국군을 가장하고 들어가 자기들이 먼저 인민군의 욕을 꺼내놓고 부락민들이 이에 동조하기만 하면 모조리 쏘아 죽이는 장면 같은 덴 소름이 끼쳤다.

1956년 8월 이른바 당 중앙위원 전체 회의에서 김일성 노선을 비판했대서 최창익, 박창옥 등을 체포하는 결정을 해놓고 소련의 미코얀, 중공의 팽덕회의 압력으로 9월 회의에서 취소하는 결정을 한 경위의 설명을 비롯해서 남로당 일파를 무자비하게 숙청하는 과정을 쓴 부분은 특히 압권이었다.

수기의 성립 과정으로 보거나 필자의 성격, 그리고 운필運筆

하는 데 따른 느낌으로 판단해서 이것을 허위의 기록이라곤 단정할 수가 없을 때, 북괴의 공포정치를 묘사한 책으로서 이 이상 가는 것이 없을 것이란 생각으로 기울어들기도 했다.

그런 까닭으로 강신중은 밤이 새는 줄도 모르고 수기를 읽어나가고 있는데 거의 마지막 부분 가까운 곳에서 다음과 같은 대목에 부딪혔다.

……그다음 날 또 병원에 갔다가 돌아오는데 뜻밖에도 수갑을 차고 내무서원을 따라 내 앞으로 걸어오고 있는 한 청년이 있었다. 그 청년은 키가 후리후리 큰 미남인데 나와 시선이 마주치자 갑자기 고개를 푹 숙이고 말았다.

나는 그 자리에 우뚝 섰다. 그리고 내 눈을 의심하며 다시 그를 쏘았다. 그 청년은 수재라고 불리어오던 공과대학 3학년에 재학중인 '박명구'였다. 내가 일차 남한에 왔을 때 신세 진 몰락 기업가의 조카였다. 나는 청년의 뒤통수가 보이지 않을 때까지 가는 곳을 바라보았다.

……그 이튿날 나는 또 관리원과 같이 병원을 향해 걷다가 다 죽게 된 얼굴로 시름없이 전주에 기대어 서 있는 명구 아버지인 박복수 씨(몰락 기업가의 둘째 형)를 보았다. 나는 관리원이 앞서 걷도록 천천히 걷다가

"웬일이세요."

하고 인사를 하자 그는 당황하여 내 손을 잡으면서

"아아, 오래간만입니다."

하곤 말을 잇지 못했다.

"명구 때문에 나오셨군요."

"어떻게 아셨습니까. 동지들 보기 부끄럽습니다."

"어제 우연히 수갑을 차고 가는 명구를 봤습니다만, 걱정 마세요. 곧 풀리겠죠."

"글쎄 그럴 줄 알았더면 일찍 짝이라도 맞춰줄걸. 그놈이 글쎄 강간 미수죄에 걸렸다지 않습니까. 이런 창피한 일이……."

여윌 대로 여위어서 코만 유난히 우뚝 솟은 그의 얼굴에서 실망과 공포를 넉넉히 읽을 수 있었고 그의 선량한 눈은 초점을 잃고 있었다. 그는 낡은 운동화를 신고 땅을 비비다가 나를 쳐다보면서,

"아지마씨 세상에 이럴 수 있을까요? 이런 일이 어디 있겠습니까. 자식 놈 때문에 지 에미가 죽게 됐습니다. 아무것도 먹지 않고 누웠는데 폐결핵은 더 악화되어 돈도 한 푼 없이 이 꼴이 되었으니."

하고 눈물을 흘렸다. 나도 울었다. 가진 돈이라도 있었다면 몽땅 털어놓았을 텐데 그것도 없고 안타깝기만 했다. 병원 대기실엔 앉을 자리가 없어서 여기저기 돌아보는데 대학생복을 입은 청년 한 사람이 반갑게 인사를 했다. 공과대학 모표에 내 시선이 가자 문득 나는 명구 생각을 했다. 나는 그와 나란

히 앉아서 물었다.

"동무도 박명구를 알지?"

"박명구요?"

하곤 그의 얼굴에 구름이 떴다.

"명구가 무슨 사고라도 저질렀소? 검찰에 가는 걸 봤는데."

"아주머닌 명구 부모하고 잘 아시지요?"

"잘 알고말고."

"명구는 퇴학됐어요. 결국은 가정 성분 때문에 희생된 걸 겁니다. 집중 지도 때도 말썽이 많았고 민청 회의에서도 문제가 되었는데 자기비판을 잘해오다가 돌아버렸는지 이번엔 그만 반항을 했어요."

하고 그는 쓴웃음을 지었다.

나는 계속 캐물었다.

"명구가 친구와 모란봉에 갔는데 처녀들이 따라오면서 놀리더라나요. 그래서 같이 응수를 하다가 계속 따라오는 것을 보고 욕을 했다나 봐요. 그것이 문제가 되어 입싸움을 하다가 명구가 처녀 뺨을 한 번 때렸는데 이상하게도 강간 미수로 몰렸어요."

"그게 어째 강간 미수죄로 되오? 그럼 같이 갔던 학생도 퇴학되었겠네?"

"아뇨……. 명구가 원체 머리가 좋고 미남이라서 처녀들이 많이 따르지요."

나는 분함을 느꼈다. 호의호식을 뿌리치고 자신의 전 재산을 공산당에 바친 그들이 북에 와서 거지꼴이 된 것도 억울한데 자식에게 공부도 못 시키게 수갑을 채우다니. 더욱이 이남에선 그 가족들이 희생적으로 당사업에 협조하고 있는데 당은 눈이 어둡고 귀가 막혔단 말인가. 울분을 참지 못해 나는 당장에라도 당으로 뛰어가고 싶었다.

강신중은 Y가 들먹인 박복길이란 이름을 상기했다. 도청자가 몰락 기업가라고 한 사람이 박복길임에 틀림없었다. 헌데 이만한 동정에 힘을 가진 도청자가 어떻게 박복길을 죽음터에 몰아넣었을까. 그러나 강신중은 그 생각을 이어나가지 못했다. 잠이 엄습했기 때문이다.

며칠 동안을 강신중은 정신없이 바빴다. 소백산으로 가기로 예정했던 날은 스케줄이 비어 있었다. 그날을 위해 할 일을 앞당기고 뒤로 미루고 해놓았기 때문이다.

임수명 생각을 해봤으나 또 구치감에까지 갈 필요는 없을 것 같았다. 공판을 기다리면 되었다.

공판정에 선 임수명의 태도는 침착했고 담담했다. 심문조서 그대로의 순서에 따라 묻는 검사의 질문에 항거하는 빛 없이 순순히 대답했다.

이러다간 한 번만의 공판으로 결심結審되어버릴 것 같았다. 그런 동안에도 뭔가 감추어진 것이 있다는 생각이 강신중의

머리를 떠나지 않았다. 그 뭔가를 포착하기 전에 결심이 되어
선 안 된다는 마음으로 안타깝기도 했다.

변호인이 물을 차례가 돌아왔다.

강신중의 첫 질문은 '도청자를 죽여야 할 개인적인 문제가
있었느냐'는 것이었다.

"없소."

라는 대답이었다.

"피의자가 도청자를 죽일 목적으로 한국에 침입했다는 사실
을 증명할 만한 재료가 있는가?"

이에 대해선,

"여기 서 있는 나 자신이 그 증겁니다."

하고 답했다.

"그러면 피의자가 도청자를 죽일 임무를 맡고 한국에 침입
했다는 사실을 피의자 외의 누군가 그 당시 알고 있었던 사람
이 있는가?"

"내게 지시한 사람은 알고 있었겠죠."

"그 사람은 북쪽에 있죠?"

"그렇소."

"한국 내엔 없었소?"

"한국 내엔 없었소."

"그렇다면 피의자가 말하기 전엔 그 사실을 아는 사람이 없
다는 얘기도 되는 것이 아닙니까?"

“그럴지도 모르죠.”

“그럴지도 모른다는 것이 아니라 그건 확실한 일입니다. 그런데 무엇 때문에 피의자는 자기밖엔 아무도 모르는 사실을 자진해서 발설을 했는지 그 이유를 알고 싶소.”

“사실이니까 사실대로 말한 것뿐입니다.”

“누가 강제로 시킨 것은 아니죠?”

“아닙니다.”

“그렇다면 더욱 이상한 일입니다.”

“사실을 사실대로 말한 것뿐이니 이상한 것이 없다고 생각합니다.”

“그럼 피의자는 그렇게 함으로써 대한민국 법정의 신성성에 대한 국민으로서의 의무를 다하려고 한 것입니까?”

“천만에요. 그럴 목적은 없습니다.”

“현장 확인과 증인 심문으로 명백해진 사실입니다만 다시 묻겠습니다. 피해자는 간첩 행위를 한 적은 없죠?”

“없습니다.”

“공산주의의 선전, 또는 북괴를 찬양하는 주장 등으로 사람을 포섭했거나 포섭하려고 한 일은 있습니까?”

“없습니다.”

“그렇다면 피의자의 피의 사실이란 도청자를 죽일 생각을 가진 적이 있다. 그런데 넘어와 보니 도청자는 죽어 있었다. 그것뿐 아닙니까?”

임수명은 대답을 망설였다. 그러다가,

"또 있습니다."

하는 뜻밖인 소릴 했다.

서툴게 물었다간 무슨 소리가 나올지 모른다고 직감한 강신중은

"요즘 어데 몸이 불편하거나 한 일은 없소?"

하고 엉뚱하게 화제를 돌렸다.

그때 검사가 말을 끼웠다.

"피의자에게 또 할 말이 있는 모양인데 그걸 들어봅시다."

임수명이,

"나는 대한민국을 반대하는 노동당 당원이며 언제나 마음속에 대한민국에 대한 반대 의사를 가지고 있습니다."

하고 또박또박 말했다.

강신중은 어이가 없었다. 피의자 스스로 불리한 발언을 조작하고 있는데 변호사가 나설 자리는 없는 것이다. 강신중은 거기서 심문을 중단해버렸다.

뭔가 석연치 않은 감정과 함께 조금만 노력을 하면 임수명 사건의 진상 같은 것을 캐낼 수 있지 않을까 하는 생각이 간혹 머리를 쳐들기도 했지만 바쁜 변호사가 그 문제에만 사로잡혀 있을 수도 없는 일이고, 본인이 자신의 일에 그처럼 무성의한데 변호사가 어쩌란 말인가, 하는 생각도 곁들어 그냥 며칠을

지내버렸다.

　그런데 내일 검사의 논고가 있기 전날, 강신중은 그러나 그대로 방치해둘 수도 없다는 생각이 들어 구치감으로 임수명을 찾았다. 이미 작정을 하고 간 강신중은 정면으로 쏘아붙였다.

　"임수명 씨, 사람의 성의를 그렇게 무시하는 법은 아닙니다. 나는 당신의 무죄를 증명하려고 기를 쓰고 있는데 당신의 그 태도는 뭐란 말요."

　"미안한 말입니다만 요전에도 말했듯이 나는 당신의 변호를 필요로 하지 않습니다."

　임수명의 말은 조용했다.

　일순 강신중은 꼭 그렇다면 좋소, 하고 자리를 박차고 일어서버리고 싶었으나 임수명이 풍겨내고 있는 그 분위기의 슬픔이 제동을 걸었다.

　"그렇게 말하는 당신의 기분을 나는 이해할 것 같소. 그러나 사람은 최후까지 최선을 다해보아야 하는 것 아닐까요. 자포자기하는 건 좋지 않습니다. 나라에 대한 죄, 사회에 대한 죄, 타인에 대한 죄는 각각 법률이 준비되어 있어 벌을 받음으로써 보상을 하기도 하지만, 자기 자신에 대한 죄는 법률의 규정이 없으니 벌도 없지만 인생에 있어서 이보다 더 큰 죄는 없습니다. 자기를 소중히 해야 합니다. 자포자기는 안 됩니다."

　"결과는 마찬가지 아닙니까. 자기를 소중히 하건 자포자기를 하건."

강신중은 그것을 오랜 생각 끝에 나온 말로 들었다.

"그렇게 비약하지 맙시다. 최선을 다해 연속된 시간하고 자포자기로 써버린 시간의 퇴적하곤 엄연히 다릅니다."

"좋은 말씀입니다."

임수명은 싸늘한 웃음을 띠곤,

"그러나 그건 인생을 시작하는 청년에게 할 말이지 인생의 마지막에 놓인 사람보구 할 충고는 아닌 것 같습니다."

"그러나 임수명 씨, 이번 재판엔 이겨봅시다. 공소사실은 순전히 당신의 자백만으로 된 일이오. 대한민국의 법률은 아무리 본인이 자백해도 객관적으로 입증될 증거가 없으면 벌할 수 없게 되어 있습니다."

"강 변호사님!"

강신중은 임수명의 입에서 나온 정중한 호칭에 놀랐다. 변호사님이라고 임수명이 발성한 것은 처음 있는 일이었다.

"강 변호사님, 헛된 노력은 하지 마십시오. 나는 분명히 대한민국에 죄를 지은 사람입니다. 나는 내가 지은 죄에 대해서 책임을 질 작정입니다."

"당신은 대한민국에 반대하는 사람이라고 하지 않았소? 대한민국에 반대하는 사람이 무엇 때문에 그처럼 대한민국에 충실하려는 거요. 그러나 나는 당신을 대한민국을 속이고까지 구출할 생각은 없소. 대한민국의 법률에 충실한 그 범위 내에서 당신의 무죄를 증명할 수 있단 말이오."

임수명은 답답해 견디지 못하겠다는 듯이 깊이 숨을 들이마시고 있더니,

"강 변호사님, 내 말을 비밀로 해주시겠죠?"

하고 물었다.

강신중이 약속을 했다.

"나는 대한민국의 법률에 의해 무죄가 되는 것보다 대한민국의 법률에 의해 처단받길 원합니다."

임수명의 목소리는 나직했으나 단호했다. 강신중이 어이가 없어 되물었다.

"그 까닭이 뭐요?"

"내겐 이북에 유족이 있습니다. 내 처자식만이 아니라 형들도 있고 조카들도 있구요. 그들의 생활을 보장받고 나는 도청자를 죽이러 이남으로 내려온 겁니다."

강신중의 머리 위로 스쳐가는 하나의 상념이 있었다. 도청자의 수기 속에 나타난 '박명구'란 학생이었다. 후리후리한 키에 미남으로 생겼다고 기록된 그 학생! 그와 임수명의 모습이 아슴푸레 겹친 것이다. 그러나 나이로 봐서 그럴 까닭은 없을 것이었다. 그런데도 다음과 같은 물음이 튀어나왔다.

"혹시 박명구란 사람 아시오?"

임수명이 움찔하는 것을 강신중은 분명히 느꼈다. 그러나 임수명의 말은 태연했다.

"도청자의 수기에 나오는 이름이죠? 그 책에서 읽었지요.

직접적으론 모릅니다. 강 변호사도 그 책을 읽으셨군요.”

이렇게 나오는데 더 할 말이 없었다. 강신중은 분위기를 부드럽게 하기 위해 다음과 같은 애길했다.

“외국 잡지에서 읽은 애긴데요. 아까 당신이 가족 쪽을 들먹이기에 생각난 것입니다. 닉슨과 소련의 브레즈네프가 어떤 절벽 위에 나란히 서 있었더랍니다. 물론 이건 꾸민 애기입니다. 두 사람이 각기 자기들 부하의 충성심을 자랑하게 되었죠. 그러다가 그런 충성 테스트를 해보자고 했는데 먼저 닉슨이 자기의 부하를 보고 ‘이 절벽 아래로 뛰어내려’라고 했더라나요. 그랬더니 그 부하가 말하길 ‘각하 제겐 가족이 있습니다’ 하고 뛰어내릴 수 없다고 했어요. 그러자 브레즈네프의 부하는 명령이 있기가 바쁘게 절벽 아래로 뛰어내렸죠. 그런데 중간에 있는 나뭇가지에 걸려버렸다는 겁니다. 로프를 내려 그 사람을 끌어 올려놓고 미국의 신문 기자가 물었답니다. ‘당신은 어떻게 그런 행동을 할 수 있었느냐’고. 그랬더니 그자의 답은 ‘내게도 가족이 있어요’.”

임수명은 웃지 않았다.

강신중은 다시 재판 관계로 화제를 돌렸으나 임수명은 귀찮다는 표정으로 듣고 있다가 돌연 물었다.

“나를 신고한 사람, 보상금은 받았을까요?”

“참, 당신은 신고에 의해 붙들렸죠?”

하고 강신중은 다음과 같이 얼버무렸다.

"간첩을 잡으면 100만 원인가 얼만가의 돈을 주기로 되어 있는 모양이지만 당신이 간첩인지 아닌지, 재판도 채 끝나지 않았는데 그 사람들이 어떻게 돈을 받았겠소?"

사실 강신중은 보상금에 관한 구체적 내용을 모르고 있었던 것이다.

강신중은 나름대로의 최선을 다해 변론을 했다.

임수명이 도청자를 살해할 목적을 가지고 있었다고 하나 도청자가 이미 죽고 없어진 후의 일이니 법률의 대상이 될 만한 범의犯意로는 취급할 수 없다는 데서 시작해서,

1. 비록 그것을 범의라고 치더라도 본인의 자백만으로 증거가 없는 점을 감안해서 처벌할 수가 없고,

2. 그 밖에 조금도 범법 행위가 없었다는 것이 명백하고,

3. 북괴에서 위조한 주민등록증을 소지하고 행사한 점은 위법행위라고 하지만 피의자가 그 주민등록증을 없애버린 지 이미 오래된 이때에 와서 그런 자백만으로 처벌할 수가 없고,

4. 피의자는 또 자기 자신을 노동당 당원이라고 하지만 그렇다는 것을 증명할 만한 재료가 전연 없고 보니 원래 공소를 유지할 수 없는 사건이라고 논단했던 것이다.

그러나 재판부는 검사가 제출한 S신문 소재所載의 암호 광고를 증거로 채택하는 한편 피의자가 추호도 개전의 정을 표하지 않는 사실에 중점을 두고 요인 암살이 최근 북괴가 취하고

있는 대남 공작 목적 중 가장 요긴하다는 점을 상기시키고 이러한 악질적인 분자는 일벌백계 원칙에 따라 엄벌해야 한다는 취지에서 검사의 구형 그대로 사형을 선고하고 말았다.

판사가 임수명을 악질분자라고 단정한 덴 이유가 없지 않았다. 임수명은 최후 진술에서 대한민국에 대해 어마어마한 욕설을 퍼부어놓곤 "김일성 만세!"를 부르고 진술을 끝맺었던 것이다.

개전의 정이 없는 간첩에겐 그 소행 다과를 불문하고 극형이 내려지는 것인데 최후의 진술에 가서 오만불손한 태도를 취한 임수명에게 정상 재량을 베풀 여지가 없다는 것을 강신중이 모르는 바는 아니었다. 그러나 강신중이 그 언도가 지나쳤다고 생각한 것은 임수명이 대한민국을 욕한 것과 김일성 만세를 부른 행동이 그의 본심에서 우러난 것이 결코 아니라는 사실을 알고 있었기 때문이다.

언도가 있은 그 이튿날, 강신중이 임수명을 만나러 갔다. 그리고 놀랐다. 임수명의 몰골이 전연 달라 있었던 것이다. 눈동자는 초점을 잃고 있었다. 어제까지의 침착성은 찾아볼 수가 없었다. 사형 언도가 준 충격이 완연했다.

이렇게 충격을 받을 사람이 왜, 무엇 때문에 스스로 죄를 뒤집어쓰려고 그처럼 서둘렀을까 하는 의혹이 가슴을 메웠다. 강신중은 타이르듯 말했다.

"지금도 늦지 않아요. 내 시키는 대로만 하면 사형은 면할 수가 있소. 이심에 가서 잘 해결해봅시다."

임수명은 무슨 말을 듣고 있는지도 모르는 그런 표정으로 초점 잃은 눈으로 사방을 휘둘렀다.

'정신이상을 일으킬 전조로구나.'

이런 생각이 직감적으로 떠올랐다.

"임수명 씨."

하고 불러보았다.

답이 없었다. 여전히 쉴 새 없이 몸을 흔들고 눈을 이곳저곳으로 움직였다.

"임수명 씨, 진정하시오. 이심에 가선 잘해봅시다. 내 변론만을 듣고 당신은 잠자코만 있으면 됩니다. 일부러 죄를 뒤집어쓰려는 그런 태도만 시정하면 돼요. 알았소?"

"이심 필요 없어요. 이심 안 해요."

겁에 질린 듯 임수명이 소리쳤다.

"안 되오. 이심을 받아야 하오."

"난 이 이상 끌려다니는 건 싫소. 빨리 끝장이 나야 하오. 난 견딜 수가 없소. 나는 죽어도 이심은 안 받을 겁니다. 빨리 끝장이 나도록 해주십시오. 이 이상 끌면 무슨 사고가 날지 모르겠소."

임수명의 정신 상태가 정상으로 돌아온 것으로 보였다. 강신중은 이때다 싶어

"사형 이상의 사고가 어디에 있겠소. 그 이상의 사고는 없소. 그러니 겁낼 아무것도 없단 말요. 이심에 가선 절대로 좋게 해결할 자신이 있으니 내 말을 들으시오."

라는 변호사로선 할 수 없는 말까지 지껄였다. 사실 임수명이 협조만 해준다면 강신중에겐 그럴 만한 자신이 있었다.

"다 소용없는 일입니다."

임수명은 냉랭하게 말했다.

강신중은 기가 막혔다. 사람의 성의를 이렇게 무시할 순 없다. 분한 마음이 들기도 했다.

"임수명 씨, 당신의 본심을 좀 알아봅시다. 당신은 간첩이 아니죠? 간첩이 당신 같을 순 없소. 아무리 북조선에 사람이 없기로서니 당신 같은 사람을 간첩으로 보내겠소? 당신은 노동당 당원도 아니오. 당원은 영리하고 야무집니다. 누가 묻지도 않는데 자기 입으로 자기 죄를 불어버리는 그런 어리석은 짓도 하질 않아요. 대한민국의 법을 무시하면서도 그 법망을 뚫는 기술이 비상한 놈들이 공산당 당원이오. 또 당신은 철공소 직공도 아니었소. 철공소의 숙련공이 날품팔이를 해요? 어림도 없는 소리요. 숙련공으로서 철공소에 취직하는 것이 수입이 좋을 뿐 아니라 신변 보호도 안전한 거요. 숙련공은 날품팔이를 하곤 견딜 수가 없어요. 그런데 당신은 뭐요. 아무것도 아닌 사람이 간첩의 죄명을 쓰고 꼭 죽어야 할 까닭이 뭐요. 약속을 위해서요? 당신이 이곳에서 이렇게 죽는다고 해서 놈들이 당신의 유족들을 칙사 대접이나 해줄 줄 아오? 터무니없는 꿈을 꾸질 마시오. 지금이라도 늦지 않으니 당신의 정체를 정정당당하게 내세워놓고 그리고 심판을 받으시오. 그래야 최악의 경우라도 사형 이상은 없을 것 아니오. 당신이 이 모양대로 죽는다면 참으로 어이가 없소. 국선 변호인으로선 지나친 노릇을 내가 하는 건 변호사의 입장에서보다 인간의 입장에서요. 놈들에게 속아 비명에 넘어진 많은 친구가 내겐 있었소. 나는 당신을 만나자 그 친구들을 생각했소. 그 친구들에 대해 못다 한 내 노력을 당신을 위해 하고자 하오. 지금도 그 생각엔 변함이 없소. 당신은 솔직히 말해 빨갱이도 아니지 않소. 그런데 뭣 때문에 빨갱이의 누명을 쓰고 죽으려는 거요."

강신중은 저도 모르게 흥분해 있었다.

임수명은 처음엔 살짝 긴장하는 빛이 보였으나 뒤에 가선 완전히 냉정을 되찾고 있었다.

"강 변호사, 그 뜻만은 고맙소. 그러나 사람에겐 각자 따라야 할 운명이란 게 있습니다. 이 이상 강 변호사가 노력하는 것은 나를 괴롭히는 것으로 됩니다. 얼마 남지 않은 시간이나마 나를 조용하게 내버려두시오. 이심은 절대로 원치 않습니다."

임수명은 조용히 일어섰다.

복도 끝으로 사라지는 임수명을 지켜보다가 강신중은 되돌아섰다.

'도무지 알 수가 없는 일이다.'

　강신중은 이렇게 중얼거리며 이미 7월에 들어선 여름의 거리를 느릿느릿 걸었다. 발광 직전으로 보이기까지 하던 임수명의 몰골과 곧 침착을 되찾은 그 태도와의 진폭 사이에 있었던 그 마음의 갈등은 어떠한 것이었던가. 그러나 이러한 궁금증은 곧 가시고 말았다. 그날 오후 강신중이 소속한 변호사회의 임원 회의가 있었기 때문이다.

　그다음 강신중이 임수명을 만난 것은 일심의 판결 그대로 사형이 확정되고 난 후 한 달쯤 지나서다. 그땐 강신중이 다른 의뢰인을 면회하러 간 김에 그를 불러달라고 했다.
　사형이 확정된 사람을 만난다는 것은 고통스러운 일이었지만 가슴 밑바닥에 깔려 있는 찌꺼기 같은 것이 남아 있어 강신중이 딴으론 용기를 낸 것이다.
　임수명은 차마 정시할 수 없을 정도로 수척해 있었다. 초점을 잃은 그때와는 달리 이번엔 눈동자가 푹 팬 안광 속이 틀에 박힌 듯 움직이지 않았다. 매일처럼 죽음을 응시하고 있는 동안에 그렇게 되어버렸을까 하는 인상이었다.
　그래도 임수명은 강신중을 보자 입언저리에 가벼운 웃음을 띠고 인사를 했다.
　"고맙습니다. 선생의 호의만이 내 마지막 길의 커다란 위안입니다."
　그 말엔 진심이 서려 있었다.

강신중이 얼른 대꾸할 말을 잊었다.

그래 겨우 한다는 말이,

"거처가 불편하시죠."

하는 어색한 것이었다.

"불편하진 않습니다. 이것 빼놓군."

하고 임수명은 수갑을 찬 손을 들어 보였다.

"이제 와선 소용없는 일이겠습니다만 임수명 씨가 왜 이렇게 되었는지 그 까닭을 알고 싶은데요."

강신중이 간신히 말해보았다.

"강 선생께서 무엇을 알고 싶어 하시는지 난 알고 있습니다. 그러나 그걸 알아 무엇하시렵니까. 말할 수가 있었다면 말씀드렸을 것 아닙니까."

"꼭 그러시다면 할 수 없죠. 그런데 혹시 내게 부탁할 건 없습니까? 임수명 씨를 위해 뭔가 해드리지 않곤 내 마음이 편칠 않습니다."

임수명은 잠깐 생각하는 듯하더니 얼굴에 보일락 말락 생기를 돋우었다.

"내가 3년 전 서울에 왔을 때, 그땐 늦은 가을이었는데 거리의 꽃 가게에 샛노란 국화꽃이 진열되어 있었습니다. 그걸 들여다보고 가는데 어떤 젊은 여자가 꽃 가게로 들어갔어요. 조금 있다가 그 여자가 국화꽃을 한 다발 사 들고 나오더니 나를 힐끔 보고 하는 말이 '이 꽃 이쁘죠?' 하며 다발 가운데서 꽃

두 송이를 뽑아 주었어요. 하두 뜻밖인 일이라서 고맙다는 말도 못 하고 멍청히 서 있기만 했죠. 그 젊은 여자는 꽃다발을 안고 활발한 걸음으로 걸어가버렸지요. 그 뒷모습을 보며 나는 그 여자의 행복을 진심으로 축복했습니다. 서울이란 도시를 축복하고 싶은 마음도 생겼구요. 대한민국을 축복하고 싶은 마음도……. 북쪽, 이북에선 어림도 없는 일이죠. 감방에서 나는 가끔 생각해봅니다. 그때 내게 꽃을 준 그 젊은 여자가 내가 이 꼴이 되어 있다는 것을 알면, 아니 이 꼴로 될 인간이었다는 것을 알면 어떤 생각을 할까 하구요."

임수명의 눈에 눈물이 고여 있었다.

강신중은 시선을 창 너머로 돌렸다. 흐린 하늘이 그곳에 있었다. 임수명의 말이 계속되었다.

"나도 평생에 한번은 꽃을 사서 누구에겐가 보내보고 싶은 생각이 간절했습니다. 그러나 당치도 않은 일이죠. 강 선생에게 부탁하고 싶은 건 늦은 가을에 샛노란 국화꽃을 사가지고 내 대신 선사를 해주었으면 하는 겁니다."

"누구에게요?"

"주영숙이란 사람입니다."

"그 사람이 누군데요?"

"나를 고발한 사람입니다."

"당신을 고발한 사람에게 꽃을 사서 주라구요?"

"이유는 묻지 마십시오. 굳이 원하는 것도 아닙니다. 만일 호의가 있으시면 부탁하겠다는 겁니다.”

“부탁이시라면 그렇게 하죠.”

“그런데 그 꽃은 늦은 가을의 국화꽃이라야 합니다.”

“알았습니다. 주소를 알아야죠.”

임수명은 주영숙의 주소를 말했다. 성북구 장위동의 꽤 까다로운 번지였는데 임수명은 수월하게 들먹였다. 강신중은 그 주소를 수첩에 적어 넣었다.

해 질 무렵 임수명이 일어서며 말했다.

“이게 강 선생님을 뵈옵는 마지막일지도 모르겠습니다.”

처량한 목소리였다.

강신중이 뭐라고 할 말을 찾지 못하는 가운데 문턱을 넘어선 임수명이 고개를 돌려 한마디를 보냈다.

“언젠간 나를 알 날이 있을 겁니다.”

가을이 왔다. 강신중 변호사의 집 뜰에 심은 국화꽃도 봉오리를 맺었다. 그 봉오리를 보며 강신중은

‘꽃 가게에서 국화꽃을 사가지고 갈 것이 아니라 뜰에 있는 꽃을 꺾어다 줘야겠구나.’

하고 임수명의 부탁을 상기했다.

그러한 어느 날 강신중은 조간 신문의 한구석에서 ‘간첩 임수명 사형 집행’이란 짤막한 기사를 읽었다.

당연히 예기한 일이지만 기분이 좋을 까닭이 없었다. 식욕

을 잃고 주스 한 잔만을 마시고 사무실로 나갔다.

그러나 병원엘 나가야 할 일, 사람들을 만나야 할 일들이 겹쳐 정신없이 한나절을 지낼 수가 있었는데 오후에 평복을 한 교도관이 강신중을 찾아왔다.

교도관이 한 말은 다음과 같았다.

"어제 간첩 임수명을 집행했습니다. 우연히 제가 입회하게 되었는데요. 형장으로 가는 도중 제게 귀띔을 했습니다. 자기의 본명은 박복영이라면서 그 말을 꼭 영감님께 전해달라는 부탁이었습니다. 두 번 세 번 되풀이했습죠. 그래서 위법이 아닌가도 싶습니다만 상대가 영감님이구, 간첩이긴 하나 마지막 길에서 한 말이구 해서 전해드리려고 왔습니다."

강신중은 자기의 짐작이 옳았다고 느끼며 동시에 뭐라고 형언할 수 없는 감정에 사로잡혔다. 일단 그런 짐작을 해보았으면 그것을 기점으로 철저하게 파고들었어야 할 일이었다. 자기의 잘못으로 사람 하나를 죽인 것이 아닌가라는 엉뚱한 자책감까지 돋아났다. 그러나저러나 확인을 해보아야겠다고 생각하고 전화기를 들었다.

Y는 다행히 집에 있었다.

"자네 박복길이란 사람을 안다고 했지?"

"그래, 그런데 아닌 밤중에 무슨 홍두깨야."

"농담 말구 묻는 말에나 대답을 해. 박복길의 큰형 이름이 뭐구?"

“박복식일 거야.”

“작은형은?”

“박복수.”

“복길인 그러니까 셋째라고 했지?”

“그렇다, 왜?”

“4형제니까 박복길의 동생이 있을 것 아닌가. 그 사람 이름
이 뭐야?”

“박복…… 복 자는 돌림자니까 들어갔을 거구, 뭐랬더라?
알쏭달쏭한데, 왜 그러나?”

“혹시 박복영 아냐?”

“그래 맞았어, 박복영이야.”

“그럼 빨리 내 사무실로 나와요. 의논할 일이 있으니까.”

“뭔데?”

“전화론 안 돼. 빨리 나와.”

강신중의 얘기를 끝까지 듣고 나선 혀를 차며 Y는 말했다.

“그런 짐작이 있었으면 진작 말하지 않구.”

“진작 말했더면 자네가 어떻게 했을 건데?”

“방청하러 나가 확인이라도 해봤을 것 아닌가. 그 사람관 접
촉한 일이 없지만 한두 번 본 적은 있거든.”

“자네가 아는 그 사람 나이는 어때?”

“쉰 살을 한둘 넘긴 나일걸. 복길이보단 두 살쯤 아래였을
테니까.”

"기록에는 45세로 돼 있어."

"이름부터 가명으로 하고 있는데 나이쯤이야. 하여간 자넨 틀렸어. 그런 얘긴 왜 안 하노."

"법정 관계의 얘기를 함부로 할 수야 있나. 게다가 그 사람이 박복영이란 사실을 알았더라도 어떻게 할 수가 없어. 변호인이 본인에게 불리한 사실을 폭로할 수 없거든. 설혹 그걸 밝히는 게 본인에게 유리할 수 있어도 본인이 반대한다면 안 되거든."

"그런데 이상하지 않나. 자네가 읽은 도청자의 수기엔 그의 조카인 박명구가 성분 문제로 대학에도 못 다닐 뿐 아니라 온 집안이 박해를 받고 있더라며. 그런데 어떻게 그런 사람을 간첩으로 남파했을까?"

"그게 이상하긴 해. 그러나 도청자의 수기를 보니 그런 것만도 아닌 것 같애. 무슨 관직에서 파직시킨 이인달이란 사람을 고정간첩으로 남파했다는 사실도 있던데. 간첩 남파엔 두 가지 종류가 있는 모양 아닌가. 당성이 강한 자를 보내 실리를 얻자는 것과, 남한을 혼란시킬 목적만으로 숙청 삼아 보내는 것과, 성과를 내고 돌아오면 그만큼 플러스가 되는 거고 붙들려 죽으면 숙청한 셈으로 치고 말야."

"그러나 어느 정도의 충성도는 인정받아야만 될 것 아닌가."

"가족이 있잖나. 가족이 볼모가 되는 거지. 놈들의 말대로라면 담보지, 담보."

"하여간 지독한 놈들이야."

"참 자네 말 들으니 박복길한테 제수가 남았다고 하잖았나! 그 제수가 곧 박복영의 마누라란 말 아닌가."

"그렇지."

"혹시 그 여자의 이름을 아나?"

"복영의 이름도 잘 몰랐는데 여자의 이름까지 어떻게 아나."

이런저런 얘기를 하던 끝에 두 사람의 의견이 다음과 같은 짐작을 성립시켰다.

박복영 일가의 처지가 말이 아닌 상태로 빠져들었다. 그 박해를 이겨나갈 방도가 없어졌다. 옛날 공산당에 제공한 재산은 남로당에 준 것이란 취급을 받고 되레 그런 사실이 불리한 상황을 만들었다. 그런 데다 도청자가 자수하며 전향하는 바람에 이남에 있는 박복길과 그 어머니가 사형을 당했다는 소식을 뒤늦게야 알았다.

박복영이 도청자를 죽이고 오겠다고 자원해서 나섰다. 개인적인 감정도 감정이려니와 공적을 올림으로써 일가의 사정을 좀 펴도록 하겠다는 의도가 있었다.

북괴의 기관은 이 자원을 받아들이기로 했다. 만일 실패하거나, 그 밖에 사고가 있으면 가족들에게 좋지 않을 것이란 조건을 붙여서 그를 남파했다. 북괴가 그를 그 이외의 일론 신용하지 않았다는 것은 그에게 다른 임무를 주지 않았을 뿐 아니라 남한에 있는 고정간첩과 연락하는 방법을 가르쳐주지 않은 것으로 알 수가 있다. 그를 북으로 데리고 갈 의사가 없었다는 것도 확실하다. 자수를 해봤자 손해 될 기밀이 없는 것이니 몇 사람의 위험을 무릅쓰고까지 그를 데리고 갈 의사가 없었던 것이다.

여기까지의 짐작엔 두 사람의 의견이 합치되었으나 다음의 문제에서 엇갈렸다.

Y는 '북괴가 도청자의 죽음을 미리 알고도 박복영을 보냈을 것'이라고 했고 강신중은 '북괴가 목적 없이 박복영을 보냈을 까닭이 없으니 그 당시엔 알지 못했을 것'이라고 맞섰다.

"북괴의 정보가 그렇게 어두워? 그럴 리가 없지."

하고 Y는 버티고 강신중은

"놈들이 우리 사는 형편에 대한 소상한 정보를 알아봐. 전쟁 준비 같은 것을 하는가. 놈들은 놈들의 비위에 맞는 정보만 수집하는 거라. 예를 들면 남한의 무역 사정이 좋아졌다, 중공업이 굉장하게 발달했다 하는 따위의 정보는 보내지도 않고 받아도 무시하는 거여. 그렇지 않고서야 북괴가 어떻게 그런 태도로 나오겠어."

이 토론은 술좌석에 옮겨 가서까지도 계속되었는데 결론이 나진 않았다.

"하여간."

하고 Y가 탄식했다.

"그 일문은 우리 고향에선 일러주는 집안이었는데 비참도

하지. 아들 둘은 대한민국에서 사형당하고 아들 둘은 북한에서 학살당할 판이구."

그날 밤 강신중은 집으로 돌아가서 도청자의 수기를 꺼내놓고 박복길에 관한 기사가 있는 곳을 찾았다. 다음과 같은 대목이다.

……우리가 다시 몰락 기업가(박복길) 집으로 들어섰을 때 그의 얼굴 표정은 죽을상이었다. 그럴 수밖에 없었다. 자기들의 끼니도 간신히 이어가는데 벌써 20일이 넘도록 우리가 자기 집에 있었고, 앞으로도 접선이 안 되면 계속 우리 생활까지 그가 보장해줘야 할 판이니 오죽 애가 탔겠는가! 그러나 부득이 그 집에 있을 수밖에 다른 방도가 없었다. 나는 그 집의 딱한 생활 조건을 알고도 그들에게 돈을 줄 수 없는 것이 죄스러워서 밥을 적게 먹기 위해 위장병이란 평계를 대고 누룽지를 먹거나 그렇지 않으면 밥을 적게 먹으면서 생배를 앓았다. 그 집 어머니와 몰락 기업가는

"그렇게 안 먹고 건강을 유지할 수 있느냐."

라고 걱정하면서 때때로 과일을 사주기도 하였다. 이 모든 성심성의는 오로지 북에 있는 가족들을 생각한 때문이었다.

……이 몰락 기업가는 직업도 없이 생활하는데 친척들이 약간 생활비를 보태는 형편이었지만 그래도 그들 가난한 생활이 북한에서 지위가 높은 국장급 생활 수준보다 훨씬 높다

는 것을 나는 인정했다. 그 집에서 제사 차리는 것을 보니 감히 북한 사람들과는 비교도 못 할 정도였다. 떡을 몇 가지씩이나 만들고 도미 생선이니 쇠고기 육전이니, 별별 음식을 장만했다. 그런데도 그 몰락 기업가는 북한 사람들은 다 잘사는 사람들만 있고 남한엔 굶는 사람들만 있는 것처럼 말했다. 그러면서, 그는 이상하게도 매일 술을 마시고 고급 담배를 피웠다. 그리고 그가 외출할 때 보면 고급 양복에 나일론 양말을 신고 와이셔츠에 넥타이를 매었다. 나는 마음속으로 '이 사람을 북에 데리고 가서 북한 주민 생활을 한 달만 맛보이면 자살을 하겠구나' 하고 생각하기도 했다.

……그 집 할머니는 매일 밤 목욕을 하곤 정화수를 떠놓고 북쪽을 향해 빌었다. 북쪽에 있는 세 아들의 행복과 그 아들들과 만나볼 수 있는 통일의 날이 빨리 오도록 비는 것이다.

이 대목을 읽으면서 강신중은 솟구쳐 오르는 의분감을 금할 수가 없었다. 도청자란 여자에 대한 미움이었다. 비판하는 안력이 있고 그런 장면을 목격도 하고 했으면 응당 그 몰락 기업가인가 하는 사람을 데리고 자수해야 하는 것이다. 이북의 사정을 털어놓고 다신 속지 말자는 당부와 더불어 그 사람에게도 회생의 길을 주어야 하는 것이다. 도청자는 그 수기 가운데 아무리 뻔뻔스러운 소릴 해도 이 세상에 재앙을 몰고 온 악마의 시녀랄 수밖에 없다.

　이런 생각을 하다가 강신중은 문득 도청자의 죽음이 자살이
아닐까 하는 의혹을 가졌다. 몰락 기업가와 그 어머니가 처형되
었다는 소식을 듣고 그 충격으로 자살을 결행할 만도 한 일이
아닌가. 만일 그렇게라도 되었다면 도청자에게 한 가닥 양심이
있었다고 할 수 있을 것이다. 아무튼, 하고 강신중은 쓰다가 말
다가 한 일기장을 꺼내 그 밤의 감상을 다음과 같이 적었다.

　어떤 주의를 가지는 것도 좋고, 어떤 사상을 가지는 것도
좋다. 그러나 그 주의, 그 사상이 남을 강요하고 남의 행복을
짓밟는 것이 되어서는 안 된다. 자기 자신을 보다 인간답게
하는 힘으로 되는 것이라야만 한다. 인간답다는 것은 첫째 자
기가 존재함으로써 남을 불행하게 하는 일이 없도록 한다는
마음먹이며 실천이다. 어떤 고상한 목적으로서도 남을 희생
시킬 순 없다는 각오다. 자기가 행복을 바라고 있는 그만큼
남도 행복을 바라고 있다는 사실에 대한 공감이며 이해다. 그
러기 위해선 부득불 평범한 생활을 소중히 할 밖엔 없다. 요
컨대 이상이 아무리 높다고 하더라도 거기에 이르는 데 부자
연한 수단이 필요하다면 포기해야 하는 것은 이상이다. 그 증
거를 우리는 공산주의에서 볼 수가 있다. 공산주의는 그들이
만들어낸 성과가 설사 얼마나 눈부시다고 하더라도 그들이
저지른 죄악을 보상할 순 도저히 없을 것이다. 그 실례가 로
서아(소련)에 있고 북한에 있다. 도청자 같은 인간을 있게 한

것도, 임수명 같은 인간을 있게 한 것도 모두 그들의 수작이 아닌가. 우리는 우리의 평범한 생활을 지키기 위해서도 그들을 용납할 순 도저히 없다. 임수명, 아니 박복영이 집행당했다는 소식을 듣고 이렇게 적어본다.

늦은 가을까지 기다릴 필요가 없었다. 시월에 드니 꽃 가게는 샛노란 국화꽃으로 넘쳤다. 강신중은 어느 일요일을 택해 Y와 함께 주영숙을 찾가로 했다.

번지가 가까워진 곳에서 구멍가게 주인에게 물었다. 주인인 노인은 '주영숙, 주영숙' 하고 되뇌면서도 생각이 떠오르지 않는 모양이었는데 부엌 쪽에서 계집아이가 얼굴을 내밀더니 '할아버지, 간첩 잡아줬다고 상 탄 집이라예' 하고 눈망울을 두 사람을 향해 굴렸다.

"아아, 그 집이면."

하고 구멍가게의 노인은 가게에서 서너 발자국 밖으로 나와 서서 서쪽으로 가장 가까운 곳에 있는 전신주를 가리키며 우물우물 말했다.

"저 전신주 있는 골목을 왼편으로 들어가서 오른쪽으로 셋째 집이 바로 그 집일 거요."

강신중과 Y는 어슬렁어슬렁 노인이 가리킨 골목으로 돌아가서 그 집 앞에 서서 동정을 살폈다. 비좁은 뜰 저편에 부엌 하나, 방 하나, 그 앞에 좁은 마루가 달려 있는 집의 구조가 판자 문틈으로 환히 들여다보았다. 그런데 시각이 오전 11시가 넘었는데도 사람이 기동해 있는 흔적이 없었다.

"여보세요."

하고 강신중이 부르고 Y는 판자문을 흔들었다. 그래도 아무런 기척이 없었다.

"이상한데."

먼저 Y가 중얼거렸다.

"도루 구멍가게에 가서 물어볼까?"

한 것은 강신중이었다. 그 근처는 다닥다닥 집이 붙어 있었는데 이상하게도 다른 집들은 그 골목에 등을 돌리고 있고, 문이 그 방향으로 나 있는 것은 근처에선 그 집뿐이었다.

한참을 그렇게 서성거리고 있었는데 골목 어귀에서 사람의 기척이 있었다. 돌아보니 옥색 저고리에 다갈색 치마의 수수한 한복 차림의 초로의 부인이 걸어 들어오고 있었다. 강신중은 그 여자가 그 집 주인일 것이라고 직감했다. 수수한 차림이었지만 어릴 적부터 깔끔하게 한복을 입기 길들인 사람 특유의 짜임새가 몸 전체에서 풍겨 나오고 있었다.

가까이 왔을 때 두 사람은 판자문 앞에서 비껴 섰다. 여자는 꽃을 한 아름 안고 선 강신중을 이상하다는 눈초리로 흘겨보더니 기둥 쪽으로 손을 넣어 걸쇠를 끄르곤 판자문을 열었다. 그리고 그냥 들어가려다가 계속 그 자리에 서 있는 두 사람 쪽으로 돌아섰다.

"이 집에 무슨 일이 있으세요?"

초년엔 미인으로 칠 수 있었을, 윤곽이 바른 얼굴이었다. 주름이 잡혀 있었는데도 미녀의 잔향 같은 것이 서려 있었다.

두 사람이 머뭇거리는 걸 보자 부인은

"주인은 지금 강원도에 가 계시는데요."

했다.

"주영숙 씨를 뵈러 왔습니다."

강신중이 가볍게 고개를 숙여 보이곤 말했다.

"주영숙은 접니다만, 무슨 일루."

"여게 서선 말씀을 드릴 수가 없습니다."

"그럼 잠깐 들어오세요."

주영숙이란 그 여자는 빠른 걸음으로 먼저 들어가더니 행주로 마루의 먼지를 훔치곤,

"누추합니다만 잠깐 앉으시지요."

하고 자기는 부엌문에 기대섰다.

"다름이 아니라 부탁을 받고 왔습니다. 혹시 임수명이란 사람을 아시는지요?"

강신중이 조심스럽게 물었다.

"임수명!"

하고 낮게 중얼거리더니 여인의 얼굴이 단번에 상기됐다.

"간첩 아녜요? 얼마 전에 사형이 되었다는……."

눈엔 공포의 빛이 있었다.

"그렇습니다. 그 사람 일로 왔습니다."

"경찰관이신가요?"

"아닙니다. 어려워 마십시오. 나는 그 사람의 변호를 맡은 변호삽니다. 이 사람은 내 친구이구요."

"그럼 어떻게 절……."

"임수명 씨가 죽기 얼마 전 내게 부탁을 했어요. 늦은 가을에 샛노란 국화꽃이 피거든 그 꽃을 한 아름 사다가 부인에게 갖다드리라구요."

주영숙이 굳은 표정이 되었다.

"꽃을요? 제게요?"

"부인께서 고발한 사실도 알고 있었던 모양입니다만 꽃을 갖다드리라는 덴 결코 나쁜 뜻이 있는 것 같진 않았어요."

주영숙의 몸이 와들와들 떨고 있었다. 강신중이 일어서서

"부인, 이리로 좀 앉으세요."

하고 자기가 앉아 있었던 자리를 권했다. 주영숙은 하마터면 쓰러질 듯한 몸을 가까스로 가누고 마루 끝에 걸터앉아 상체는 부엌 쪽 판자벽에 기댔다. 그 이마엔 기름땀이 솟아 있었다.

"진정하십시오. 꽃을 보내드리라는 그 사람에게도 악의가 없었고 이렇게 찾아온 우리들에게도 악의가 없습니다. 뿐 아니라 다른 의도란 전연 없습니다. 꽃이나 받아주십시오."

강신중이 꽃다발을 내밀었더니 주영숙이 겁에 질린 듯 손을 움츠려 치마폭으로 가렸다. 강신중이 하는 수 없이 꽃다발을

마룻바닥에 놓았다.

"진정하시고 사정 얘기나 하십시오. 사실 우리들은 뭐가 뭔지 몰라 찾아오기로 한 겁니다."

강신중이 부드럽게 말했다.

주영숙은 약간 냉정을 되찾았는지 마른침을 삼키곤 입을 열었다.

"지난 봄 어느 날이었어요. 한 통의 편지가 날아들었어요."

꺼져버릴 듯한 목소리였다. 강신중과 Y는 귀에다 신경을 모았다.

"그 편지는 마포 어느 집에 북쪽에서 온 간첩이 있으니 당국에 신고하라는 편지였어요. 편지를 받고도 신고하지 않으면 불고지죄에 걸릴 것이니 그리 알라는 무서운 말도 있었어요. 자기가 직접 신고할 수도 있지만 간첩으로 온 사람이 친한 친구여서 인정상 그렇게 못 하겠다는 사연도 씌어 있었구요. 전겁이 나서 어쩔 줄을 몰랐는데 남편이 신고를 했나 봐요. 그런 편지가 있으니 무고죄에 걸릴 염려가 없다면서요. 그렇게 된 거예요."

"보상금은 받았습니까?"

"100만 원 얼만가를 탔어요. 그 돈 쓰기가 겁이 났지만 빚 때문에 이 집까지 남의 손으로 넘어갈 판이고 해서요. 아이들 등록금도 못 낼 사정이었구요. 그럭저럭 쓰고 말았어요."

"보탬이 되셨구면요."

"그 돈이 없었더면 우리는 길바닥에 나가 앉을 형편이었으니까요."

주영숙의 얼굴에 괴로움의 흔적이 비쳤다.

"괴로워하실 건 없습니다. 그 사람은……."

하다가 강신중이 말을 중단했다.

"그 사람이 사형 집행이 되었다는 신문을 읽곤 한동안 잠자리에 들기가 무서웠어요. 지금도 무서운걸요. 간혹 무서운 꿈을 꿔요. 그런데 그 사람이 꽃을 선사하라는 건 무슨 까닭일까요. •사정을 모르는 그 사람으로선 우리가 원수처럼 생각이 되었을 텐데요."

하고 주영숙은 마루에 놓인 꽃을 힐끗 보며 징그러운 듯 꽃다발에서 조금이라도 멀어지려고 몸을 틀었다.

"그 사람은 대한민국에 대한 자기의 죄를 뉘우치고 스스로 벌을 받은 거나 마찬가집니다. 그리고 그 사람은 혹시 부인을 잘 알고, 부인의 생활이 곤란하다는 것도 알고 해서 도움을 주려고 한 것인지도 모르죠. 여러 가지 사정을 종합해볼 때 부인에게 그런 편지를 쓸 사람은 그 당자를 두곤 있을 것 같지 않으니까요. 하여간 부인에겐 조금도 나쁜 감정을 가지지 않았다는 것을 나는 단언할 수가 있습니다. 그러니 겁을 먹거나 후환을 두려워하거나 할 필요가 없습니다. 그런데 우리가 궁금한 건 어떻게 그 사람이 그런 결심을 하게 되었는지, 그 사정입니다. 부인을 만나보면 혹시 그 수수께끼가 풀리지 않을까 했는데요.”

주영숙의 얼굴은 긴장이 풀어진 대신 멍청하게 되었다. 무언가를 생각해내려는데도 생각의 실마리가 잡히질 않는다는 그런 표정으로 한참을 있더니 맥없이 중얼거렸다.

“모를 일이에요. 어떻게 그런 편지가 날아들게 되었는지 모를 일이에요. 도무지 모를 일이에요.”

강신중이 여태껏 참고 있던 말을 안 할 수가 없었다.

“부인, 박복영이란 사람을 아십니까?”

여자의 얼굴에 핏기가 가셨다. 순식간의 변화였다. 이때까지 상기된 얼굴이었던 만큼 그 변화는 눈에 보이도록 선명했다. 그리고 어른이 때리려고 할 때 어린아이가 보이는, 그 속수무책의, 그저 낭패를 당한 것 같은, 뭐라고 형언할 수 없는 표정이 얼굴 위에 얼음처럼 굳어 붙었다.

“그 사람은 임수명이가 아니고 박복영이었습니다.”

강신중이 조용히 덧붙였다.

“역시.”

라는 신음 소리가 주영숙의 입에서 새어 나왔다.

인생에 있어서의 어떤 클라이맥스를 지켜보고 있다는 것처럼 괴로운 일은 없다. Y는 강신중의 소매를 끌었다.

조금 후에 강신중과 Y는

“실례했습니다.”

라는 요령부득인 말을 남겨놓고 걸어 나왔다.

두 사람이 판자문 밖으로 나섰을 때였다. 등 뒤에서 무슨 소리가 있었다. 두 사람은 동시에 고개를 돌렸다.

주영숙이 꽃다발을 뜰에다 내동댕이친 직후였다. 국화꽃의 그 샛노란 송이송이가 산란한 채 비좁은 뜰을 꽉 채우고 있었는데 그 꽃송이 하나하나가 살아 있는 괴물처럼 소리 없는 아우성을 치고 있었다.

강신중과 Y는 안 볼 것을 본 것처럼 얼른 고개를 돌리고 발길을 옮겨놓았는데도 일순간에 보았던 산란한 그 뜰의 샛노란 국화꽃은 영원히 잊을 것 같지 않은 인상을 가슴속에 새겨버렸다.

큰길로 내려와 겨우 숨을 돌려 택시를 기다리며 두 사람은 다음과 같은 대화를 나눴다.

"꽃이 그처럼 무서울 수도 있다는 걸 처음으로 알았다."

라고 한 것은 강신중이었고

"혹시 박복영이란 그 친구, 연극 공부를 한 사람이 아닐까?"

한 것은 Y였다.

두 사람은 그길로 단풍이 들락 말락 한 우이동 산골짜기를 찾아갔다. 술이라도 한잔하지 않고는 견딜 수 없는 심정이었고 거리의 소음에 휘말리기도 역겨운 기분이었던 것이다.

그 무렵인데도 일요일인 탓인지 우이동엔 사람들이 붐비고 있었다. 강신중과 Y는 좀 더 깊은 곳으로 가서 대낮부터 술을 시작했다.

거기까지 오면서 문제가 되었던 주영숙의 심리가 계속 화제에 올랐지만 정확한 결론엔 물론 이를 수 없는 것이었다. 하나의 결론은 박복영이 자기의 죽음을 최대한으로 이용해보려고 했다는 사실이다. 그는 자기의 사형을 북쪽에 있는 가족들을 편하게 살리기 위한 수단으로 했고—그 성공 여부는 고사하고—한편 남한에 있는 옛 마누라를 돕기 위한 수단으로 했다는 건 분명했다.

"빌어먹을! 도대체 그런 인생이 있을 수 있단 말인가."

강신중이 투덜댔다.

"끔찍한 일이지."

Y도 맞장구를 쳤다.

"그러나 그런 비극을 안주로 이렇게 술을 마시고 있으니 인간은 비정적 실존?"

"이번 케이스는 비극이랄 수가 없어. 참극이야, 참극."

"그 참극에 끼어들어 괜히 나만 겉돈 셈이 된 거로군."

"참극에도 삐에로는 있어야 하는 법이니까."

"Y군 자네도 오랜만에 좋은 말 했네. 정말 나는 삐에로였어. 본인이 자기의 유죄를 주장하고 있는데 나는 무죄로 하려고 기를 쓰고 있었으니까 말야."

"이제 그 얘긴 집어치우지."

한 것은 Y였고,

“그러자.”

라고 동조한 것은 강신중이었는데 화제는 자꾸만 그리로 돌아갔다.

“주영숙이란 여자 말야. 그 여자가 그처럼 구차하게 살고 있지만 않았더라면 이번 사건은 일어나지 않았고, 박복영은 그냥 날품팔이를 하고 살고 있었을 것 아닐까?”

강신중은 처음으로 이 생각이 났다는 듯 이렇게 말했다.

“그 밖에 무슨 강박관념 같은 게 있었겠지. 이대로 있어선 안 된다 하는. 그런데 나는 그보다는 일류 부르주아의 막내아들이 날품팔이를 하며 2년 동안이나 지낼 수 있었다는 것이 기이해.”

“그건 이 사람아, 아무것도 아냐. 박복영 형제는 이북에서 육체노동을 하지 않고는 못 살게 돼 있는 거라. 박복영에겐 강제 노동의 경험도 있었을 거구. 아무래도 나는 이번 사건의 직접적 원인은 주영숙이란 여자에게 있을 것 같애.”

“직접 원인이구 뭐구……. 주영숙이 구차하게 살고 있지 않았더라면 샛노란 국화꽃이 아까 본 것처럼 그 집의 뜰에 깔리는 그런 광경은 없었을 테지.”

이렇게 말하고 Y는 국화꽃이 깔린 좁은 뜰을 들여다보는 눈빛이 되었다.

돌연 골짜기가 떠들썩해졌다. 마이크를 통해 노랫소리와 환성 소리가 일기 시작한 것이다. 토막토막의 소리를 합쳐보니 무슨 군민대회를 하고 있는 것 같았다.

"아아, 산이 막혀 못 오시나요……."

하는 노래가 울려 퍼졌다.

"저놈의 노래 지긋지긋해."

Y가 상을 찌푸렸다.

"남이사 뭣을 하건 말건."

얼근하게 취기가 돈 모양으로 강신중이 Y에게 술잔을 쑥 내밀었다.

"어때, 아무리 엉터리 소설가라도 재료가 이만하면 걸작 소설을 쓸 수 있겠지."

"어림도 없어."

하고 Y는 손을 저었다.

"왜?"

"비극 정도는 소설이 될 수 있어도 참극은 안 돼."

"무슨 잠꼬대 같은 소릴 하노."

강신중이 거칠게 나왔다. 술에 취했을 때 가끔 있는 버릇이었다.

"옛날의 소설가는 말이다. 현실이 너무 평범하고 권태로우니까, 그 밀도를 짙게 애길 꾸밀 수가 있었던 거라. 그러나 요즘은 달라. 현실이 너무나 복잡하구 괴기하거든. 그대로 써내놓으면 독자에게 독을 멕이는 결과가 되는 거여. 그러니 현대의 작가는 현실을 희석할 줄을 알아야 해. 이를테면 물을 타서

독을 완화하는 거라구. 옛날 작가들관 역으로 가는 작업을 해야 한다, 이 말이여. 그런데 그 물을 타는 작업이 이만저만 어려운 게 아냐."

"삐에로 노릇 하는 변호사보다도 더 어려운가?"

"삐에로는 국화꽃을 안고 가면 되지만 작가는 그 국화꽃의 의미를 제시해야 할 것이 아닌가. 물을 타지 않고 어떻게 그 의미를 전하지? 그런데 어떻게 물을 타야 할지 그걸 모르겠어."

"알았다, 알았어. 자네 소설이 싱거운 까닭을 이제사 알았다."

강신중이 돌연 깔깔대고 웃었다. 그 웃는 소리가 한동안 군민대회의 소음을 눌렀다.

8월의 사상

8월의 사상

'8'이란 숫자를 보면 나는 으레 레프 톨스토이를 생각한다. 그의 생년월일이 1828년 8월 28일이기 때문이다. 8자가 좋았다고도 하겠지만 그의 생년월일엔 8자도 많다. 이건 여담이고, 8자와 우리 민족과의 관련도 심상한 것은 아니다. 한일병합이란 치욕의 역사는 1910년 8월 22일에 비롯된 것이고, 해방이 된 것은 1945년 8월 15일, 대한민국의 건국은 1948년 8월 15일. 그 밖에도 8자와의 인연을 찾으면 더러 있겠지만 우리 민족과 8자와의 유관성은 이상의 재료만으로도 증명하기에 족하다.

그런 때문에서가 아니라 나는 1980년 8월 15일을 기해서 단연코 술을 끊길 결심했다. 특히 '단연코'란 강세엔 주의할 만하다.

술을 끊겠다는 것은 결심이기도 하거니와 내게 있어선 비원
悲願이다. 뇌수의 골짜기 골짜기에서, 혈관의 가닥가닥에서, 세
포의 마디마디에서 알코올분을 말쑥이 추방해버리고 데카르
트의 정확성과 폴 발레리의 영롱함을 얻어 진리에 이르는 인
식의 달도達道를 닦아야겠다는 것이 나의 연래의 숙원이었던
것이다.

나는 니체라고 하는 나쁜 교사로부터 아폴론의 혜지와 디오
니소스의 도취가 협동해야만 가장 좋았던 시절의 그리스적 문
화인이 될 수 있다고 배웠다. 어리석게도 나는 그 교훈을 금과
옥조로 하고 아폴론의 혜지와 디오니소스의 도취를 익히려고
시작했다. 그런데 많은 책을 읽고, 많은 것을 생각하고, 더불어
지혜를 담은 많은 수련이 있어야만 아폴론의 혜지를 배울 있
었던 것이니 여간 고된 일이 아니었지만 디오니소스의 도취를
배우는 노릇은 간단했다. 디오니소스는 바쿠스와 통하는 사이
이니 바쿠스처럼 마시면 되었다. 얼만가의 푼돈이 있으면 소
주 한 병 사고 마른 오징어 한 마리 사서 바쿠스처럼 마시면 인
스턴트 라면을 끓이는 것보다도 쉽게 디오니소스의 도취에 이
를 수 있었던 것이다. 게다가 또 나쁜 것은 이태백이다. 그는
주선酒仙과 시선詩仙을 겸한 주일두 시백편酒一斗詩百篇 하는 사람
이다. 나는 술만 마시면 이태백처럼 시나 문장을 지을 수 있는
것으로만 알았다.

아폴론의 혜지와 디오니소스의 도취는 일치될 수도, 협동할

수도 없는 것이란 사실을 비로소 깨닫게 된 것은 언제였던가. 정확한 날짜를 기억할 순 없지만 무교동이나 관철동의, 그 수많은 음주 인구들이 술을 한 말 마실 수는 있어도 시 100편은 커녕 단 한 줄의 시도 생산할 수 없다는 것과 젖소가 마신 물은 젖이 되어도 독사가 마신 물은 독이 되듯, 이태백이 마신 술은 시가 되어도 잡배가 마신 술은 오줌이 될 뿐이란 사실을 알았던 시기와 거의 동일하지 않았는가 한다.

아무튼 아폴론과 바쿠스, 아니 디오니소스완 합동할 수 없다는 사실을 체험적으로 깨닫고 나는 아폴론을 택하고 디오니소스완 결별하기로 작정했다. 그랬던 것인데 사정은 그대로 되질 않았다. 디오니소스의 사촌쯤 되는 바쿠스와 매일처럼 어깨동무를 하고 돌아다니면 아폴론과는 점점 멀어져가기만 했다는 것은 1년 365일 불무주일不無酒日 했다는 얘기이다. 그렇다고 해서 나는 아폴론과 절교할 의사를 가졌던 것은 아니다. 바쿠스와의 어깨동무는 일시적인 일이고 내가 원하기만 하면 언제이건 아폴론과 친구 될 수 있다는 믿음 같은 것은 남았다. 뿐 아니라 바쿠스와 아폴론과 나와의 삼각연애가 혹시 가능할지도 모른다는 막연한 기대마저 없지 않았다.

그러는 동안에 믿기 어려운 엉뚱한 일들이 속출하게 되었다. 어제 찾아놓았던 외국어의 단어를 오늘 또 찾아야 하는 번거로움이 빈번하게 생겼다. 그러나 이런 것쯤이 문제 될 것은 없었다. 사전 찾기가 귀찮으면 몇 개의 단어쯤은 걸러버려도

책을 못 읽을 바 아니었으니 말이다. 헌데 약간 난처한 일이 잇따랐다. 수학엔 자신이 있다고 뽐낸 바람에 친척 집 고등학교 학생이 가끔 수학 문제를 들고 찾아오곤 했었는데 어느 날, 전에 같으면 수월하게 풀 수 있었지 싶은 문제를 놓고 반나절이나 악전고투해야만 했다. 악전고투라고 해서 풀리기라도 했더라면 그런대로 체면이 섰을 것인데 중도에서 항복하고 말았으니 그 꼴이야말로……. 그러나 이것까지도 별로 대단한 사건은 아니다. 수학엔 자신이 있다는 등의 하찮은 자랑을 삼가기만 하면 그런 궁지엔 몰려들지 않을 테니까. 그럴 무렵 또 만만찮은 사건이 생겼다. 최근 유행한 서양 사상을 곁들여 깔끔한 문장을 하나 쓸 참이었는데 종전 같으면 거미 똥구멍에서 실이 뽑혀 나오듯 해야 할 논리가 썩은 새끼처럼 동강동강 잘라지는 것이 아닌가. 이를테면 그런 거미줄 갖곤 겨울 파리 한 마리 사로잡을 수가 없는 것이다. 하물며 원고료를 어떻게 낚아내겠는가. 이렇게 되면 직업상의 문제로 되어 아사에 직결하는 상황으로 될 것이었다. 술빚을 많이 안기고 있는 나로선 악우惡友들 틈에 끼어 술을 마시며 서서히 자살을 기도해볼 수도 있는 일이지만 아직 세정에 어두운 자식들은 어떻게 될 것인가 하고 생각하니 미상불 딱한 사정이었다. 그래도 이 정도로써 심각한 문제라고 생각하진 않았다. 실업과 기아라는 것은 그다지 희귀한 현상이 아니기 때문이다.

이윽고 심각한 사태가 생겼다. 어떤 사람과 자리를 같이하게 되었는데 못난 사람일수록 인사성은 밝아야 한다는 충언을 상기하고 얼른 인사를 했다.

"처음으로 뵙겠습니다. 나는 이……."

하고 채 말끝을 맺지도 못 했는데 그 사람은 노골적으로 불쾌하게 말했다.

"이 선생, 이번이 세 번쨉니다."

나는 쥐구멍이라도 있으면 들어가고 싶었다. 다시는 이런 일이 없어야 할 텐데 하고 마음으로부터 반성도 했다. 그래도 그 사건은 그것으로 끝났다.

정작 무섭고 심각하고 두려운 일이 얼만가 후에 발생했다. 그땐 내가 화신 앞에 서 있었는데, 봄인지 초여름인지 수목이 걷힌 맑은 하늘이었고 좋은 날씨였다. 서울의 거리가 꽤 로맨틱하게 보이기도 해서 지하도 입구의 옹벽에 기대서서 오가는 사람들을 눈을 가느다랗게 뜨고 바라보고 있었다. 그러던 중, 동대문 방향으로부터 밀려오는 인파에 섞여 얼굴이 익은 여인이 다가오고 있었다. 얼굴이 익어도 이만저만하게 익은 얼굴이 아니어서 '누굴까' 하는 기분으로 곧장 그 여인을 바라보고 있다가 그 여인이 서너 발 앞으로 가까워졌을 때 나는 얼른 머리를 돌리고 지하철 계단으로 내려가려고 했다. 남의 여자를 뚫어지게 바라본다는 게 실례가 된다는 사실을 뒤늦게나마 깨달았던 때문이다. 그 찰나였다. "여보" 하는 노기를 띤, 이것역시 귀에 익은 음성이었다. 움찔 돌아보았더니 그건 바로 수십 년 내내 미운 정 고운 정으로 칡뿌리처럼 얽히고설켜 살고 있는 내 아내였다.

"왜 사람을 보고도 못 본 척해요?"

아내는 서슬이 시퍼렇게 따지고 들었다. 나는 뭐라 대답할 말을 잃었다. 백배사죄하고 방면은 되었지만 뒷맛이 썼다. 비로소 나는 내가 심각한 사태에 있다는 것을 깨달았다.

병원으로 가볼 생각을 한 것은 그때의 충격 때문이었다. 며칠 후, S대학병원 신경외과에 있는 조카뻘 되는 의학박사를 찾아가 자초지종을 얘기했다.

조카는 고개를 갸웃하더니

"아직 노망은 아닐 텐데."

하고 중얼거리곤 물었다.

"술이 심한 건 아닙니까?"

"1년 365일 불무주일이니까 심한 편일지도 모르지."

"그건 안 됩니다."

조카는 준엄한 얼굴을 했다. 그 준엄한 얼굴을 보고 생각했다.

'이 사람은 관상학적으로 고등학교 교장이 될 수 있겠구나.'

의학박사인 만큼 조카는 술을 마시면 좋지 않다는 이유를 백열한 개쯤이나 나열했다. 그 해박한 지식에 놀라

"역시 박사는 다르군."

하면서도 무교동이나 관철동의 음주 인구가 연년 불어만 가
는데 한국인의 평균수명이 해마다 늘어만 가는 이유가 어디에
있을까 하는 생각을 해보았다.

"아저씨, 그렇게 술을 자시면 죽습니다. 조심하세요. 전면
술을 안 마실 순 없겠지만 절주는 하셔야죠."

조카로부터 수신 강화修身講話를 듣는 것이 나쁠 것은 없었
지만

"그렇게 의지력이 약해져갖고 무슨 문학을 하겠다는 겁니
까?"

하는 말은 심히 내 자존심을 건드렸다. 나는 당장 동양에선
이태백, 두보, 도연명, 왕유, 백거이 등을 추려내고 서양에선
보들레르, 베를렌, 뮈세, 아폴리네르 등을 추려내어 문학과 술
이 얼마나 밀접 불가리한가에 관해서 웅변을 토하고 싶었지만
버릇없고 무식한 조카 상대로 떠들어봤자 무슨 소용이랴 싶어
잠자고 나와버렸다.

그러나 그때부터 나는 정식으로 술을 끊을 생각을 했다. 그
리고 매년 8월 15일이 되기만 하면 그날을 기해 술을 끊으려고
했다. 그 이유는 정월 초하루는 부득이 친척과 친구들과 교환
交歡해야 할 터이니 부적당하고, 봄철의 어느 날을 선택할 수도
있지만 연년세세화상사年年歲歲花相似이고 세세년년인부동歲歲年
年人不同이니 그런 감회를 술 없이 넘기기엔 곤란한 것이다.

그럴 바에야 8월 15일이었다.

8월 15일에 해방이 되었으니 술을 끊고 갱생의 길을 걷는 출발의 날로선 부족함이 없었다. 민족이 일제의 사슬에서 해방된 날, 나는 술의 유혹에서 해방되었다고 하면 자타를 납득시킬 수 있을 뿐 아니라 일기장에 써 넣어도 당당한 문장이 아니겠는가.

그래서 나는 8월 15일이 올 때마다 '단연코'라는 강제어를 접두하고

"앞으론 술을 마시지 않겠다."

라고 다짐하기에 이른 것이다.

그러나 십수 연래. 이런 다짐을 되풀이하면서도 나는 술을 끊질 못했다. 그러고 보니 단주 기념일이 되어야 할 8월 15일이 번번이 단주 좌절일이 되고 만 셈이다. 무슨 까닭으로 이렇게 되었는가.

어떻게 된 일인지 10년 만의 친구, 20년 만의 친구가 꼭 그날 나를 찾아온다. 어느 해의 그날엔 그런 친구가 찾아오지 않아

'이윽고 오늘은 성공할 수 있겠구나.'

하고 시원섭섭한 심경으로 석방을 맞이하려는 참이었는데 전화벨이 울렸다.

"나를 잊으셨어요?"

은 쟁반에 구슬을 굴리는 것 같은 소리가 나무 쟁반에 흠집 난 구슬 굴러가는 소리로 변해 있기는 했으나 어찌 잊을 수 있

었으랴. 이십 수년 전 내가 짝사랑을 바친 여자의 목소리였다.

'어찌 잊을 수 있으리오.'

하는 신파조의 대답이 되려는 것을 가까스로 참고 점잖게 말했다.

"안녕하셨습니까."

"아아, 알아보시는군요."

"……."

"의논드릴 일이 있어요. 어떻게 만나 뵐 수 없을까요?"

'하필이면 오늘.'

싫었지만 나의 대답은 순순했다.

"장소와 시간을 말씀하시지요."

한 시간 후 나와 그 여인은 명동의 어느 음식점에 있었다. 여자의 용건은 자기 사위에 관한 일이었는데 사위가 근무하고 있는 회사의 사장과 내가 친하다는 헛소문을 듣고 나를 찾은 것이었고 전화번호부에도 없는 내 전화번호는 모 신문사의 문학부를 통해 알았다고 했다. 결론적으로 나도 그 여인의 청을 들어줄 형편이 아니었기 때문에 술을 마셔야 했고, 여인이 술을 마시지 않으니 여인 몫의 술까지 마셔야 했고, 짝사랑을 바치던 시절의 모습이 온데간데가 없어 그때의 나의 감정을 회상하느라고 마셨고, 시간이 지니고 있는 파괴력에 감탄해서 술을 마셨다.

짝사랑을 바치던 그 무렵, 나는 그 여인에게 호도, 속히 이

'호도胡桃, 호두'라는 별명을 붙였다. 틀림없이 감칠맛이 있는 과육을 가지고 있을 텐데 망치로써 부수지 않고선 먹을 수가 없으리란 초조감, 그런데도 망치를 들어 그 껍질을 쪼갤 수 없는, 용기의 상실감으로서 지은 별명이었다. 지금은 그 이름도 잊은 어느 시인의 시를 헌납하기도 했었다. 아슴푸레한 기억을 더듬으면 아마 그 시는 다음과 같이 될 것이다.

호도!
호도처럼 마른 채로 익은 여자가 있었다.
떫은맛, 감칠맛이 다소곳이 간직되어 있을 것 같은 평범한
여자이면서 이상한 여자이다.
늙은 성녀랄 수도 없었다.
마녀를 닮은 노파도 물론 아니었다.
하여간에 기괴한 건 호도이다.
백주의 그 눈부신 광선마저 호도의 둘레에선 망설이고 계
면쩍스럽게 서성거린다.
아무래도 무섭게 드리워진 밤의 장막 앞에 놓인 고풍 촉대
아래에 세월과 손때에 늙은 트럼프의 여왕 옆에 앉아 있어야
만 비로소 어울리는 그러한 나무 열매이다.
……

이 시에다 나는 '호도와 같은 여인이여' 하는 헌사를 덧붙였

던 것이다.

아무튼 그날 밤 나는 단주를 단행하지 못할 바에야 실컷 술에 두들겨 맞거나 술에 빠져 죽거나 해야겠다는 자포자기한 기분으로 실컷 마셨다.

어느 해의 8월 15일엔 옛날의 제자들이 몰려왔다. 세상에 옛날의 제자들처럼 처리 곤란한 족속들이란 없다.

"은사님, 은사님."

하고 바쳐 올리면 술잔을 거절할 수가 없고

"같이 늙어가는 판국에 왜 이러십니까."

하고 어리광을 곁들여 빈정대기 시작하면 역시 술잔을 거절할 수가 없다.

미국서 박사가 된 놈, 독일에서 박사가 된 놈, 프랑스에서 박사가 된 놈들이 섞여 있고 보니, 옛날 가르쳤던 엉터리 영어, 엉터리 프랑스어가 켕기기도 해서 빨리 취할 양으로도 술을 마신다.

그 밖에도 피치 못할 사정으로 맺어진 친구들을 만나야만 한다. 술을 잘한다는 악명 탓으로 단주의 각오를 밝힐 수가 없어 결국 술잔을 들게 되는데 이럴 때 나 자신에 대한 변명은,

강철 같은 의지의 사나이로서 떳떳하기보단 인간다운 인간으로서 부드럽게 살아야 하니까…….

요컨대 스스로의 약한 의지에 대한 씨알머리 없는 변명일 뿐이다.

이러한 곡절이 있었던 것만큼 금년의 각오는 달랐다. 1980년이란 해가 지닌 의미도 컸거니와 20년만 더 살면 21세기를 볼 수 있다는 아슴푸레한 희망이 자극하기도 했다. 보다도 시간이 지니고 있는 파괴력과 형성력을 20세기가 끝나는 그날, 또는 21세기가 시작되는 그날 내 눈으로 확인하고 싶었다.

구체적으로 말하면 휴전선 이북의 땅을 송두리째 감옥으로 만들어 모든 국민을 노예로 하여 군림하고 있는 김일성과 그 체제가 어떠한 소장消長을 겪는가를 보고 싶은 것이다.

1천 수백만을 학살해도 모자라 전토를 수용소군도화하고 있는 소련의, 지금의 체제가 21세기의 그날까지 과연 지탱될 수 있을까를 보고 싶은 것이다.

일편의 양심도, 한 움큼의 능력도, 백성의 행복에 대한 비전도 의욕도 없는, 이를테면 폴 포트 같은 괴물들이 권력만을 수단으로 못 할 것이 없는데 그렇게 사악한 무리와 그 에피고넨epigonen, 아류·모방자들이 21세기의 초에 어떠한 용상으로 살아남아 있을까, 또는 멸망해 있을까를 내 눈으로 보고 싶은 것이다.

그때 가서 확인해보고 싶은 것은 이 밖에도 많다. 가령 일본과 같은 나라가 그 예이다. 전후 20년에 경제 대국을 이루어 언론의 자유를 비롯해 가장 선진된 국민에게만 허용되는 모든 자유를 누리며 그 기세가 당당하여, 언제나 우리나라를 깔보는 버릇을 버리지 않는 그들이 과연 21세기의 그날까지 오늘의 오만과 사치를 유지하고 있을까 없을까도 보고 싶은 것이다.

보다도 가장 보고 싶은 것은 두말할 나위 없이 우리나라의 모습이다. 21세기의 아침을 통일된 나라의 국민으로서 맞이할 수 있을까. 오늘 우리의 지도자들이 그려 보이고 있는 복된 나라, 자유로운 나라, 민주주의에 있어서도 든든하고 경제의 터전도 든든하고 세계 모든 사람들이 '저 한국을 보라. 반만년 간단없이 비극이 연출된 무대 같은 나라가 지금은 찬란한 문화와 평화를 누리는 행복한 나라가 되었다'고 찬탄을 아끼지 않는 그런 나라가 될 수 있을까. 3·1운동을 비롯해 6·25 동란, 그리고 갖가지의 수난으로 억울하게 죽은 원혼들이 '이젠 우리도 안심하고 눈을 감을 수 있다. 이러한 나라를 만들기 위한 희생이었으니 우리의 원한은 이로써 풀렸다'고 말할 수 있는 나라가 되어 있을까.

20년만 더 살면 아니 20년 동안만 시간의 파괴력을 견딜 수 있으면 21세기를 볼 수 있다는 희망을 안고 나는 1980년 8월 15일부터 그 희망을 달성하기 위한 노력의 일환으로 단연코 술을 끊기로 한 것이다.

나는 이 결의를 관철하기 위해선 위지危地에서 탈출해야겠다고 마음을 먹었다.

'어디로 갈까.'

산사로 찾아가는 것이 어떨지, 하는 아이디어가 일었다.

'그건 안 돼.'

하는 부정이 곧 잇따랐다. 수삼 년 전의 일이 생각났기 때문이다. 그때 나는 양주의 어느 산사를 찾았던 것인데 주지가 나를 알아보고 계곡으로 청했다. 그리고 그 자리에서 곡차라고 하며 술을 권했다.

'해방된 그날의 기쁨을 위해서라도' 하며 다정다감한 주지는 해방 직후 만주로부터 돌아왔노라고 감격과 고난이 교차한 체험담을 얘기하곤 눈물을 글썽였다. 비슷한 체험을 지닌 나에게 그 눈물이 감염되지 않을 까닭이 없다. 그는 나에게 술을 권하고 나는 그에게 곡차를 권하며 긴 하루를 지내다 보니 심한 숙취에 걸렸다.

이튿날

"숙취가 심할 때 사람은 자살할 수 있을 것 같애요. 가까운 데 독약만 있으면."

하고 숙취의 고통, 그 뭐라고 형언할 수 없는 고통 이상의 고통을 호소했더니 그 주지의 대답은 과연 법문 이상이었다.

"숙취를 낫게 하려면 어제 마셨던 주량의 배 이상을 마셔요. 그럼 숙취는 없어져버립니다."

"그럼 내일의 숙취는?"

"또 그 배 이상을 마시면 되죠."

"그다음의 숙취는?"

"그런 식으로 계속할 밖에요."

"그럼 술을 한 섬 이상이나 먹어야 할 때가 오지 않겠소."

"사람의 몸은 견디어낼 한도란 것이 있는 겁니다. 그러니 그런 걱정은 하지 않아도 될 거요."

"죽어버린다는 뜻이로구먼요."

"불가의 말로는 열반이라고 하지요."

"헌데 스님은 숙취로 고생하신 일은 없으십니까?"

"없소."

"되게 술이 세신 거로구먼요."

"아니지요. 곡차는 마셔도 술은 마시지 않으니까요."

이상도 한 일이었다. 이런 문답을 주고받고 있는 동안에 숙취의 고통은 훨씬 누그러들었다.

"그 스님은 지금 어디에 있을까."

라는 그리운 마음에 절에 가보았자 단주 단행엔 도움이 되지 않는다는 마음으로 번졌다.

"그럼 어디로 간담?"

하다가 이런 마음먹이 자체가 의지의 약함을 증명하는 것이 아니냐는 뉘우침이 일었다. 의지만 강하면 홍로紅爐에서도 녹지 않고 남는 일편一片의 눈일 수도 있고 빙고氷庫 속에서 땀을 뻘뻘 흘린 사명대사일 수도 있는 것이다.

유혹의 전화가 오면 당당히 선언하면 될 것이 아닌가. 1980년 8월 15일을 기하여 나 스스로에게 단주령을 내렸노라고.

사람을 피하고 곳을 피해야만 단주할 수 있다면 북극으로 가든지 태평양의 무인도를 가든지 해야 할 것이 아닌가. 요는 의지의 문제다 하고 나는 1980년 8월 15일을 집에서 버티며

소기의 목적을 관철하기로 했다.

　세수를 하고 방으로 돌아와 신문을 펴 들었다. 양명문 씨의 '광복 36년을 맞으며'란 서브타이틀이 달린 〈새 역사의 대하여〉란 시가 있었다. 이 가운데 있는 다음의 구절

　　도도히 굽이치며 흘러내리는

　　새 역사의 대하여, 새 물결이여

　　새로운 각오, 새로운 결의로

　　민주 복지의 새 사회를 여는 새 질서

　　엄청난 정화 작업은 벌어졌어요.

　　진실로 눈부신 새로운 변화 속에

　　우리들의 새 시대는 열리는 것

　　머지않은 날에 우리의 소원

　　조국의 통일은 오고야 말 것이다.

　　가만히 귀 기울이면

　　메아리쳐오는 그날의 만세 소리

　　통일의 종소리가 울려온다.

　나는 그 만세 소리와 통일의 종소리를 직접 듣기 위해서도 20년은 더 살아 21세기를 맞이해야 한다. 그러기 위해서 이날을 기해 단주를 단행하려는 것이다, 하고 새삼스럽게 다짐을

다시 하곤 적어도 역사의 기록자임을 자부·자처하려면 나날의 신문을 주의 깊게 읽곤 스스로의 건망증과 민족의 건망증을 방지하기 위해서 세심한 계획에 의한 신문의 스크랩을 만들어야겠다는 착상을 했다. 이를테면 주목할 만한 인물별로 각 권으로 하여 보도된 언행을 수집하는 것이다. 일목요연하게 연차적으로 그 인물의 궤적을 일람할 수 있도록 말이다.

이런 착상과 더불어 아득히 2천 수백 년 전의 사마천에 마음이 미치고 있었을 때 전화벨이 울렸다.

벨소리는 이미 어떤 예감을 전달하고 있었다. 나는 심호흡을 했다. 어떤 상황에도 강철 같을 수 있도록 각오를 다짐하고 송수화기를 들었다.

"누구시오."

"나, 나, 정이야 정, 정."

더듬는 소리로써가 아니라도 알 수 있었다. 정현상 군이었다.

"어, 어."

틀림없이 어떤 예감, 아니 예감의 예감 같은 것이 있긴 한데 짐작할 수가 없어 애매하게 응한 것이다.

"오, 오늘 모이는 것 알지."

하는 정현상의 말이 있었다. 아슴푸레 무슨 약속이 있었던 것 같은 느낌이 들었다.

"응 그래, 그래 그래서?"

"회장이 모를 리야 없겠지."

그제야 나는 사태의 윤곽을 반쯤 파악했다. 정 군이 나를 회장이라고 할 땐 소주회蘇州會의 회장 이외의 것을 들먹일 까닭이 없었기 때문이다. 정 군은 소주회의 간사였다.

"그런데?"

하고 나는 우물우물 정 군의 말을 유도했다.

"장소를 어디로 하면 조, 좋겠소?"

그 말로써 사태의 윤곽과 의미를 확실히 알았다. 내 말도 분명해졌다.

"그 다방에서 모이기로 하지. 내가 잘 나가는 그 다방."

"아랑다방 말이지? 시간은?"

"6시, 아니, 6시 반쯤으로나 할까?"

"좋소. 모두에게 그렇게 연락할게요. 그, 그, 그때 만납시다."

전화가 끝난 뒤 나는 멍청해 있었다. 멍청은 했지만 사태의 의미는 알았다. 5월에 가졌어야 할 모임을 내가 외국에 나갔기 때문에 미루어온 것이었는데 내가 돌아오자마자 7월 초에 간 사인 정 군이 언제쯤 모임을 갖는 게 좋을까 하고 물어왔다.

나는 대중을 잡을 수가 없어 우물쭈물하다가 거나하게 술에 취한 김에 8월 15일쯤으로 하자고 하고 장소와 시간은 그날 아침에 연락해서 정하자는 것으로 말했을 것이었다.

'까마득히 그 일을 잊고 있었구나.'

하며 나는 사태의 중대성을 그야말로 심각하게 인식하지 않을 수 없었다.

그 괴물들이 모여놓기만 하면 술을 안 마시곤 배겨내지 못할 것이 뻔했다. 섣불리 단주 선언 같은 것을 했다간 정신병 환자를 간호원들이 윽박지르듯 사지를 붙들고 코를 막아 병째로 입에다 술을 붓는 야료쯤은 예사로 부릴 놈들이다. 그래서 그 모임에 나가기만 하면 술을 잘 못하는 놈도 여부없이 잘 마시는 척 돌아오는 술잔을 받아야 했다. 어느 때는 술을 안 마시려다가 새 양복에 술벼락을 맞는 놈이 있기까지 했다.

어떤 구실을 만들어 결석해버릴까 하는 생각이 없지 않았지만 가능할 일이 아니었다. 나 때문에 미루어온 모임이기도 하거니와 내가 그 모임의 회장, 즉 책임자였으니 그토록 비겁할 순 없는 일이었다.

게다가 나는 소주회의 회장이란 것에 만만찮은 애착을 가지고 있기도 하고 그 감투는 내가 자청해서 쓴 것이기도 했다. 소주회란 37년 전 일본의 학병으로 강제 징발되어 중국 소주蘇州에 가 있던 일본군 60사단 수송부대에 입대한 전력을 가진 놈들이 만든 모임의 이름이다.

몇 해 전 이런 모임을 갖자고 합의를 보고 이름을 소주회라고 하기로 한 것인데 그때 내가 재빠르게 선언하고 나섰다.

"소주회의 회장은 내가 할 끼다. 소주회의 회장은 나다."

이 선언엔 모두들 아연했다. 온순하기로 두메의 처녀 같은 내가 그런 대담한 선언을 할 줄은 아무도 상상조차 못 했던 터였다. 선언이 있자 조금 후에 누군가가 그래도 일단 회장의 선출 방안에 관해서 의논은 있어야 할 거구 어쩌구 하며 불평을 하기도 했는데 모두들 하는 방향으로 의견이 일치되었다.

그 결의를 기다려 나는 한술을 더 떴다.

"소주회의 회장은 종신직이니 앞으로도 아예 엉뚱한 소릴랑 말아라. 생각도 먹지 말구."

그러자

"그건 너무하다."

"중임, 삼임을 하더라도 임기는 정해놔야지."

"저 자식에게 저런 독재자적 소질이 있는 건 몰랐네."

하는 따위의 반대가 잇따랐다.

부득이 나는 대연설을 하게 되었다.

골자는 이랬다.

학교 다닐 땐 급장 한번 못했고, 일본 군대에 가선 소대장 한번 못했고, 돌아와 교사가 되었을 땐 교장이나 학장 한번 못했다. 회사의 대표이사 회장을 한 적이 있었지만 부도를 내어 망했고 또 다른 회사의 대표이사 회장을 한 적도 있었지만 증자(增資)를 따라 할 힘이 없어서 밀려났다. 이런 억울한 처지에 있는 나에게 소주회의 회장 감투 하나쯤 주었다고 해서 느그들 배 아플 게 뭣꼬……

"회장을 하라고 하잖았나. 그런데 종신 회장이란 게 뭣구."

"한번 회장을 해놓으면 다음다음으로 자꾸 하고 싶을 것 아닌가. 헌데 임기니 뭐니가 있으면 그때에 가서 심히 불안해질 것 아닌가. 그 끈이니 마음 턱 놓고 회장 노릇 하도록 종신 회장을 시켜달라는 얘기다, 왜."

"그놈 배짱 한번 조오타. 시켜주자 시켜주자."

하고 열렬히 지원한 자가 정현상 군이었다. 그래서 간사라는 요직을 그에게 맡기기로 한 것이다.

아무튼 이러한 곡절을 겪고 회장이 된 체면상 비겁할 순 없었다.

그뿐 아니다. 소주회란 이름이 좋지 않은가. 비록 회원은 30명 정도에 불과하지만 그 이름만을 강조하면 중공 치하의 소주, 3,000년 전통을 가진, 역사적으로도 경승지로서도 유명한 소주를 식민지로 하고 있는 듯한 환상마저 가꿀 수도 있지 않은가 말이다. 내가 소주회의 회장, 그것도 종신 소주회장의 자리에 집착한 심정은 이만한 설명으로써도 집착할 수 있지 않겠는가. 물론 이유는 이것만이 아니다. 내게 있어서의 소주의 의미는 내 인생의 규모를 벗어나 있을 만큼 클지도 모른다. 훼손된 청춘의 1년은 100년의 생애로써도 보상할 수 없을 경우가 있다는 사실을 두고 하는 말이다.

내가 중국 소주에 있었을 때의, 그 2년간은 연령적으로도 내 청춘의 절정기였다. 그 절정기에 나의 청춘은 철저하게 이지러졌다. 일제 용병에게 어떤 청춘이 허용되었을까. 용병은 곧 노예와 마찬가지이다. 노예에게 어떤 청춘이 허용되었을까.

육체의 고통은 차라리 참을 수가 있다. 세월이 흐르면 흘러간 물처럼 흔적이 없어지기 때문이다. 그러나 정신이 받은 상흔은 아물지를 않는다. 우선 그런 환경을 받아들인 데 대해 스스로를 용서할 수 없기 때문이다. 그런데 일제 용병의 나날엔 육체적·정신적인 고통이 병행해서 작동하고 있었다. 일제 때 수인囚人들은 고통 속에서도 스스로를 일제의 적으로서 정립할 수는 있었다. 그런데 일제의 용병들은 일제의 적으로서도, 동지로서도 어느 편으로도 정립할 수가 없었다. 강제의 성격을 띤 것이라곤 하지만 일제에게 팔렸다는 의식을 말쑥이 지워버릴 수 없었으니 말이다.

눈물을 흘리기도 하고 흘리지 않기도 하면서 나는 소주에서 얼마나 울었을까. 누구를 위해 누구를 죽이려고 이 총을 들고 있느냐는 양심의 아픔이 어느 정도였을까. 모른다. 분명히 말할 수 있는 것은 그때 내가 흘린 눈물이 부족했다는 것과 보다 더한 아픔을 느꼈어야 했을 것인데, 하는 뉘우침이다.

일본 군대의 관습에 따라 우리는 수월찮게 얻어맞기도 했다. 신체발부身體髮膚는 수지부모受之父母이니 불감훼상不敢毁傷의 효지시야孝之始也란 전통 속에 자란 우리가 하찮은 놈들로부터 뺨을 맞고 있을 때…….

아아, 나는 평생 남에게 성 한번 내어보지 못하고 말겠다고 이를 악물었다. 강한 놈들로부터 받는 수모는 견디면서 상대방이 호락호락하면서 수모를 견디지 못한다면, 내가 나를 모욕하는 행위를 제곱하는 것으로 된다고 믿었기 때문이다.

자기의 얼굴은 씻지 못하면서 말발굽을 씻고 기름을 바르고 있을 때, 어느 날엔가 나는 돌연 놈들이 시키니까 마지못해 하는 것으로서가 아니라 진정으로 이 동물을 내가 사랑해야겠다고 마음먹었다. 그 동물에게 사랑을 쏟음으로써 시궁창에 빠진 인간으로서의 나의 위신을 보장하는 것으로 될 거라고 믿었기 때문이다. 애절한 이야기이다.

이지러진 청춘엔 이지러진 청춘의 철학이 있다. 그때의 내 철학의 단편을 주워보면,

그러나
사자는 사자 시대의 향수를 지니고 있다.
독사는 독사 시대의 향수를 지니고 있다.

그런데
너는 도대체 뭐냐.
용병을 자원한 사나이.
제값도 모르고 스스로를 팔아버린
노예.

그러니
너에겐 인간의 향수가 용인되지 않는다.

지금 포기한 인간을 다시 찾을 순 없다.
갸륵하다는 건 사람의 노예가 되기보다는 말의 노예가 되
겠다는
너의 자각이라고나 할까.

먼 훗날
살아서 너의 집으로 돌아갈 수 있더라도
사람으로서 행세할 생각은 말라.
돼지를 배워 살을 찌우고
개를 배워 개처럼 짖어라.

라고 적어놓은 네 수첩을 불태우고
죽을 때 너는 유언이 없어야 한다.
헌데 네겐 죽음조차도 없다는 것은
죽음은 사람에게만 있는 것이기 때문이다.
죽을 수 있는 것은 사람뿐이다.
그 밖의 모든 것, 동물과 식물, 그리고 너처럼
자기가 자기를 팔아먹은, 제값도 모르고 스스로를 팔아먹은,
노예 같지도 않은 노예들은 멸하여 썩어
없어질 뿐이다……

죽을 수 없다는 것은 살 수도 없다는 뜻이다. 그렇다면 지금

의 나는 어떠한 형태에 있는 것일까.

그렇더라도 아니, 노예의 눈에도 소주는 아름다웠다…….

나는 용기를 갖고 소주회의 모임에 나가기로 하되 1980년 8월 15일을 기해 단주하는 데 있어서 회장으로서의 독재권을 행사하기로 하고 한동안 그 정략을 꾸몄다. 꾸며놓고 보니 그럴싸했다. 물약병, 산약포散藥包 등을 수두룩이 준비해 가서 의사로부터 중병 선고를 받았다고 할 참이었다.

37년 전 소주의 그 부대에 입대한 사람이 전원 살아 있으면 소주회의 회원은 60명으로 되어 있을 것이다. 그런데 죽은 자, 행방불명된 자가 생겨 37년 동안에 30명 정도로 줄어들었다. 소주에서 죽은 사람이 근 세 명에 불과하다는 사실을 감안하면 비록 혼란기가 끼어 있었다고는 하나 해방 후 너무나 많은 죽음이 있은 셈이다. 실로 무자비하다고도 할 만한 시간의 파괴력이다.

나는 아침밥을 먹고 벌렁 드러누워 해방 이후 이날까지에 잃은 친구들을 헤아려보기 시작했다. 그런데 그들 모두가 하나같이 억울한 죽음이었다는 사실은 나를 감상적으로 만들었다.

그 가운덴

아아, 너의 추억은

인류의 애사哀史

이 낡은 수첩에 적힌

나의 통곡이여!

하고 지금도 북받쳐 오르는 눈물을 억제할 수 없는 죽음도
있고,

> 허부능운만장재虛負凌雲萬丈才
> 일생포금미증개一生抱襟未曾開
> 구름을 뚫어 만장의 높이로 솟았던 그 재능은 결국 헛된 것이
> 었던가. 일생 동안 품어온 너의 포부는 꽃피지 못하고 말았구나.

하고 땅을 치며 서러워해야 할 죽음도 있다.

백만 명이 넘게 무고한 생명이 쓰러진 6·25 동란을 겪은 시
간 속에 앉아, 기십 명의 죽음을 특기하여 서러워한다는 건 이
치에 맞지 않은 일이지만 내겐 그들의 모습이 너무나 생생하
게 보이는 것이다. 오죽했으면 다음과 같은 글을 썼을까.

시간이 해결한다는 말이 있다. 그러나 나는 이것이 뭔가 잘
못된 인식이 아닌가 한다. 시간은 해결하는 것이 아니라 파괴
하는 것이다. 말하자면 시간은 대립된 문제를 해결해주는 것
이 아니라 대립자를 파괴해버림으로써 문제 자체를 없애버리
는 것이다. 시간이 파괴하는 것은 물론 사람만이 아니다. 시
간은 이처럼 모든 것을 파괴하면서도 언제나 환상의 무늬를

엮어선 멋을 만들어 사람을 사로잡아버린다. 이렇게 사로잡힌 사람 가운데의 극악인이 히틀러이며 스탈린이며 김일성이며 폴 포트이다. 이들은 시간의 파괴력을 기다리기에 앞서 그들의 악의를 발동하여 사람을 죽인다. 히틀러는, 스탈린은 그들 자신의 죽음을 생각해보지 못했을까. 김일성 또한 그의 죽음을 생각해보지도 않을까. 메멘토 모리. 죽어야 할 인간은 자기의 죽음도 알고 남의 죽음에 임해야 하는 것이다. 죄 없는 자를 죽이는 김일성, 폴 포트에게 저주가 있거라. 우리의 무수한 동포를 업수이 여기는 북괴를 비롯한 사악한 놈들에게 저주가 있거라. 시간의 파괴력이 두렵다는 것을 알면 시간을 앞지르는 파괴 행동은 삼가야 옳을 일 아닌가.

정각 6시 반에 나는 약속 장소엘 나갔다. 모여 있는 사람은 열 명에도 미달이었다. 가까운 음식점으로 가기로 하고 뒤에 오는 사람에게 알려주라고 다방의 마담에게 부탁을 했다.
음식점에 가서 좌정을 하곤 간사에게 물었다.
"왜 이처럼 모인 사람이 적지?"
"바, 바캉스에 간 사람이 많아서."
라고 정 군은 더듬거리며 대답했다.
만나기만 하면 싸우기부터 먼저 하는, 그런 만큼 서로 친한 두 사람의 독일제 박사가 보이질 않았다. 박재봉 박사는 세미나가 있어 합숙으로 들어가 있다는 것이고, 김덕겸 박사는 두

어 달 전 상처를 하고 실의에 차서 바깥출입을 안 한다는 얘기
였다.

전 장군 최암은 요즘 한창 바쁘다는 얘기, 변호사 김치규는
연락이 됐으니 곧 나타날 거라는 추측이었는데 나는 지연석
군의 불참이 마음에 걸렸다.

"연석인 어떻게 된 거지?"

"연석인 죽었어."

누군가의 말에 나는 소스라치게 놀랐다.

"언제?"

"석 달쯤 전. 자네가 외국에 가 있었을 때요. 그러고 보니 깜
빡 잊었구나. 지연석 군 말고도 회장 없는 사이에 둘이나 죽었
소."

하고 정현상이 이름을 들먹였다.

"내가 없는 석 달 동안에 셋이나 죽었구나."

"자꾸 죽는 거라."

하며 실업가 손영승 군이 소주회 이외의 학병 친구들의 죽
음 몇을 들먹였다.

"지연석은 어떻게 죽은 건가?"

하고 내가 다시 물었다. 지연석은 5척 8촌의 싱싱한 체구에
유도 3단의 실력자였다. 일본 게이오 대학에 다니던 중 학병에
끌려갔기 때문에 해방 후 돌아와선 서울대학에 재입학하여 졸
업했다. 집안은 호남 고흥의 갑부, 최근엔 큰 배 몇 척을 갖고

주로 해운업을 하고 있었다. 나는 그가 소주회의 회원으로선 제일 마지막에 죽을 놈이라고 치고 있었던 터였다.

"고혈압이었던가 봐. 갑자기 죽었어."

이런 말들이 오가고 있을때 요리가 들어오고 술이 들어왔다. 나는 글라스를 주워 들고 아가씨에게 내밀었다.

"빨리 술을 따라라."

단주 선언이고 술 먹지 않을 정략이고를 잊은 것은 아니었다. 그럴 필요를 느끼지 않았던 것이다.

1980년 8월 15일이란 날짜가 돌연 공허하고도 낡은 일자로 느껴졌기 때문이다. 보다도 술이라도 마시지 않곤 배겨낼 수 없는 심정이었다.

큰 글라스를 비우고 그 잔을 손영승에게로 돌렸다.

"초장부터 왜 이러노."

어물어물 글라스를 받아 쥐며 손 군이 한 말이었다.

그러자 이곳저곳에서 육두문자가 쏟아지기 시작했다. 그로 부터 36년 후, 각기의 직업을 찾아 전면 다른 세계에서 살고 있는데도 이렇게 모이면 37년 전, 학병으로 끌려갔을 때의, 그 자포자기가 곁들어 육두문자를 마구 써젖힌 그때의 말투로 돌 아가버리는 것이다.

하기야 직업적 또는 사교적으로 동떨어진 사이에 있기 때문 에, 공통적인 화제란 그때 그 시절의 얘기뿐이니 불가불 일군 이등병의 작태로 되돌아가 살 수밖에 없는 것이기도 했다.

누군가가 나더러 외국에서 겪은 재미있는 얘기를 하라고
했다.

"재미있는 일? 재미있는 놈이 외국엘 가야만 재미있는 얘길
찾아오지. 나같이 재미없는 놈은 구슬처럼 쏟아놓은 방석에
앉았다가 와도 아무것도 줍지 못해."

하며 나는 외국 얘기를 권하는 발언을 봉쇄해버리려고 했다.

"그라지 말구."

라는 소리가 이곳저곳에서 나왔다.

"꼭 듣고 싶다면 말하지. 세계 어느 나라로 가도 우리에게 있
어서 우리나라처럼 재미있는 나라란 없어. 살기 좋은 나라도
없구. 프랑스엘 갔더니 남편을 따라 파리에서 살고 있던 어떤
젊은 부인이 이런 말을 하더라. 파리가 아무리 좋기로서니 간
혹 덕수궁 담을 끼고 산책할 수 있는 서울에서 살고 싶어요. 이
곳은 아무리 좋아봤자 남의 나라인걸요. 실감이 나던데……"

이윽고 내 얘기는 술 취한 놈의 횡설수설이 되고 말았다. 큰
맥주 글라스로 청주를 연거푸 마셨기 때문에 취기가 급격하게
오른 때문이었다.

"종신직이구 뭐구 다 싫다. 소주회 회장 할 놈 없나?"

이렇게 외쳤던 것 같은데 그 후 그 술자리가 어떻게 되었는
지는 알 수가 없다.

다만

"회원이 자꾸만 죽어버리는 이런 회의 회장은 하기 싫다,

싫어!"

이렇게 몇 번인가 고함을 질러댔다는 사실만은 아슴푸레 기억하고 있을 뿐이다.

결국 1980년 8월 15일도 단주일이 되기는커녕 대폭주일이 되고 말았다.

숙취에 지친 몸을 일으켜 서가를 뒤졌다. 한 권의 시집을 찾기 위해서였다. 그 시집엔 〈시간〉이란 제목의 시가 있는 것이다.

시간!
때론 안개 속에 휴식하는 것처럼 보이기도 하고 때론 폭풍
우와 리듬이 맞지 않아
속도를 늦추는 이도 보이지만
시간은 비를 세로 실로 바람을
가로 실로 하여
정확하게 인생을 짜고 엮으며
차가운 박자를 울려나간다.

시간의 차가운 박자는 몇백 몇천억 년의 저편에까지 울려 갈 것이었지만, 역사는 그 차가운 박자의 부산물이지만, 필경 인생은 시간이라고 하는 영겁의 바다 속에 미시적인 점일 뿐

이다…….

이렇게 나는 1980년 8월 15일에도 단주를 단행하지 못했다.

그렇다고 해서 21세기의 태양을 보고 싶다는 염원을 단절한 것은 아니다. 조용히 운명에 맡겨버리자는 것이다.

그러고 보니 내게 있어서의 '8월의 사상'이란 이해에도 술을 끊지 못했다는 푸념 이상일 수가 없다.

그건 그렇고 레프 톨스토이의 생년월일엔 8자도 많다.

역사와 소설 한가운데 놓인 〈변명〉

김윤식 문학평론가·이병주기념사업회 공동대표

1. 변명을 위한 명분 찾기

작가는, 작품을 쓰면 됐지 변명까지 쓸 필요가 있을까. 작품 자체가 더할 수 없는 자기변명이 아니었던가. 이 점에서 보면 작가 이병주는 단연 예외적이다. 그가 작가로 되지 않을 수 없는 자기변명을 깃발처럼 내세워 작품으로 써내었기 때문이다. 〈변명〉(《문학사상》, 1972. 12)이 그것. 대표작급인 장편 《관부연락선》(1970)과 그 연장선상에서 대하소설 《지리산》 또 가작 〈마술사〉(1968)까지를 포함한 글쓰기 전체에 대한 변명의 성격을 갖기에 유별난 일이라 하지 않을 수 없다.

이러한 예외적 현상은 죽어가면서도 역사를 옹호·변호하고, 또 변명한 프랑스 사학자 마르크 블로크에 촉발되어 그와의 대화로 마무리 지어졌다. 역사의 바퀴에 치어 죽으면서도 그 역사를 위한 변명에 그토록 집착한 마르크 블로크란 대체 어떤 인물일까. 어째서 이병주는 스스로를 마르크 블로크에 자기의 모습을 비추어보지 않으면 안 되었을까. 이런 물음을 떠나면 이병주 글쓰기의 핵심에 닿기 어렵다. 작품 〈변명〉이 그의 글쓰기의 원점인 까닭이다.

2. 프랑스인으로 죽기의 변명

《역사를 위한 변명》은, 1944년 6월 16일 프랑스 레지스탕스 27명과 함께 나치에 의해 총살된 예비역 대위이자 53세의 소르본느 대학 경제사학 교수의 미완의 저작이다. 총살된 그들 중에는 16세의 소년이 있었다. 죽으면 아프겠지요?라고 하자 노인은 애정 어린 목소리로 소년의 손을 쥐며 그럴 턱이 있나. 아픔 같은 것은 없다네, 라고 했다. 이 대단한 역사학자는 평생 공부해온 그 역사에 의해 무참히 학살당하면서도 그 역사를 저주하거나 분격치 않고, 줄기차게 역사를 변명했다. 그 결론은 이렇다.

역사의 대상은, 그 성질상 인간이다. 더욱 적절히 말해 인간들이다. 풍경의 눈에 띄는 특징, 도구, 또는 기계의 배후에 아직 표면상은 냉담하기 짝이 없는 문서나 그를 제정한 사람들과는 일견 전혀 무관해 뵈는 제도의 배후에 역사가 파악코

자 하는 것은 인간들이다. 그렇게 할 수 없는 사람은 기껏해
야 박식한 미숙련 노동자에 지나지 않으리라. 좋은 역사가란
전설 속에 나오는 식인귀食人鬼를 닮아 있다. 그가 인간의 살
냄새를 맡고자 하는 것, 거기에만 노획물이 있음을 그는 알고
있는 것이다.

《역사를 위한 변명》 제1장, 일역판, 8쪽

아무리 그렇더라도 그의 역사에의 변명은 그의 목숨을 구하
지 못하고 만 것이다. 이는 분명 역사를 위한 변명의 불모성이
다. 그는 이 불모성을 스스로 증명한 형국이었다. 그렇기는 하
나, 이 역사 교수는 또 스스로 이렇게 말할 수가 있었다.

나는 생애를 통해 표현과 사상의 성실을 위해서 최선을 다
했다. 나는 선량한 프랑스인으로서 살았으며 선량한 프랑스
인으로서 죽는다.

〈변명〉(바이북스, 2010), 12쪽

프랑스인으로 죽는다는 것. 이 사실만큼 그의 죽음을 가능
케 하고 또 확실케 한 것은 달리 없다는 것. 이 사실만큼 이병
주에게 충격적인 것은 없었다. 어째서 그러한가. '스스로의 변
명'을 쓰지 않을 수 없는 이유는 바로 여기에서 왔다.

3. 죽음의 세 가지 존재 방식

프랑스인 마르크 블로크는 프랑스인으로 죽을 수 있었다는 것, 이것만큼 이병주를 자극한 것은 달리 없었는데, 왜냐면 거기에 바로 '역사에 대한 변명'이 있었던 까닭이다. 어째서 그러한가. 그 이유는 인간의 죽음의 성격 규정에서 온다. 인간의 죽음은 이병주의 처지에서 보면 다음 세 가지로 그 성격이 규정된다. (A) 인류를 위한 죽음 (B) 조국을 위한 죽음 (A) 어떤 사상이나 신념을 위한 죽음. 이런 죽음에는 각각 보상이 따르게 마련이다. (A)에서는 인류 전체가 보상할 것이며 (B)에서는 조국이 할 것이며 (C)에서는 특정 사상이나 종교가 할 것이다. 중요한 것은, 이병주가 보기엔, (A), (B), (C) 어느 것이나 각각 그 역사가 죽음을 변명하고 또 보상해줄 것임에 틀림없다. 이병주의 처지에서 보면 이 (A), (B), (C)란 어느 것도 부럽기 짝이 없는 죽음이었다. 왜냐면, (D)의 죽음도 있기 때문이다. 노예의 죽음이 그것. 조선인 학병으로 중국 전선에 끌려가 말의 시중을 들며 보초를 서고 있는 이병주 자신은 노예에 다름 아니었다. 노예의 죽음에는 어떤 역사가 변명해줄 수 있을까.

사람이라면 본의 아니게 전쟁에 끌려나가선 안 되는 것이며 누구를 위해 무엇을 하라는 명분이 뚜렷하지 못할 땐 무기 따위를 들어선 결단코 안 된다. 이것이 사람으로서의 최소한 도의 각오라야 한다. 이왕 죽어야 할 바엔 항거하다가 죽어야 옳다. 노예의 죽음보다 비참한 죽음은 다시 없다. 그러면서도 이러한 다짐이 무력한 푸념밖엔 더 될 것이 없다는 걸 나 자신 잘 알고 있다. 나는 '카이로선언'이 있고 난 후에 일본군에 끌려간 비굴한 놈이다.

〈변명〉, 15쪽

앞에 보인 (B)에 주목할 필요가 있다. 마르크 블로크의 죽음은, 조국을 위한 것이기에 당연히도 조국이 변호하고 보상해줄 것이다. 그를 죽인 독일인의 처지에서도 사정은 같다. 문제는 조국 곧 국민국가nation-state에 있었고 따라서 마르크 블로크가 말하는 역사도 국민국가가 만들어낸, 더 정확히는 날조해낸 역사에 지나지 않는다. 이 사실을 천년 고도 쑤저우 성 위에서 달을 쳐다보며 보초를 서고 있는 조선인 학병 이병주가 얼마나 자각하고 있었는가는 자못 의심스럽다. 그는 실상 이 국민국가라는 주박에 걸려 스스로를 노예로 규정해버린 것은 아니었던가. "나는 '카이로선언'이 있고 난 후에 일본군에 끌려간 비굴한 놈이다"에서도 이 점이 엿보인다. 국민국가라는 것이, 기껏해야 18세기 이래 이른바 근대가 날조해낸 제도에 지나지 않는 것. 그것이 어찌 죽음을 바칠 만한 절대적인 것일까. 그것이 어째서 역사 자체일 수 있겠는가. 마르크 블로크의《역사를 위한 변명》이란 이런 비판에서 과연 자유로울 수 있을까. 이병주의 역작 〈변명〉은 이러한 의문을 향해 열려 있었다.

4. 마르크 블로크와의 대화

　먼저 작가 이병주는 학병 탈출자 탁인수와 그를 밀고하여 죽게 한 조선인 동포 장병중을 내세웠다. 탁인수는 무엇인가. 누구인가가 아니라 무엇인가에 그 초점을 놓아보라. 이병주 자신처럼 탁인수는 조선인 학병으로 중국 전선에 끌려갔다. 노예의 사상을 거부한 그는 탈출했고, 상하이에 잠복해 조국 해방운동에 뛰어들었다. 조국, 그렇다. 그것은 마르크 블로크의 프랑스가 아닐 수 없다. 동포 장병중의 밀고로 일본군에 체포된 탁인수는, 당연히도 조국이 그의 죽음을 보상해줄 것으로 믿어 의심치 않았다. 그것은 마르크 블로크의 경우와 한 치도 다르지 않다. 마르크 블로크가 이런 사실을 두고 조국을 역사라 부르고, 역사에 대한 변명이라 믿었듯, 탁인수도 그러했다. 마르크 블로크 교수가 게릴라 전선에 뛰어들어 목숨을 잃었듯 탁인수도 그러했다. 그런데 마르크 블로크는《역사를 위한 변명》을 썼지만 조선인 탁인수는 아무런 변명도 쓰지 않았다. 그도 그럴 것이 동경 W대학 경제학부를 갓 졸업(1943년도 졸업생은 재학생과 동격으로 학병에 차출된 육군성 법령에 따른 조치)한 탁인수인 까닭이다. 그는 스스로를 변명할 능력도 무기도 아직 갖추지 않은 상태였다. 탁인수, 그는 53세의 사학자인 고명한 소르본느 대학 교수인 마르크 블로크와는 달라서 역사에 대한 변명은커녕 자기 자신의 변명도 하지 못하고 죽었다. 누가 탁인수를 변명할 것인가. ‘나, 이병주다!’라고 이병주는 외쳤는 바, 두 가지 이유에서 그러했다.

하나는, 마르크 블로크의 조언. 마르크 블로크, 당신은 참 부럽다. 탁인수는 참 불쌍하다. 당신이면 탁인수를 변호할 수 있겠소라고 이병주가 묻자, 마르크 블로크는 이렇게 충고하지 않겠는가.

> "서둘지 말아라. 자네는 아직 젊다. 자네는 역사를 변명하
> 기 위해서라도 소설을 써라. 역사가 생명을 얻자면 섭리의 힘
> 을 빌릴 것이 아니라 소설의 힘, 문학의 힘을 빌려야 된다."
>
> 〈변명〉, 38쪽

이 충고를 이병주는 대번에 받아들일 수 있었다는 사실만큼 이병주 문학을 논할 때 결정적인 것은 없다. 왜냐면 조선인 학병 중, 문학 지망생으로 제일 자각적인 자가 이병주였던 까닭이다. 그가 메이지 대학 전문부 문과 문예과 별과別科에 들어간 동기 자체가 창작에 있었다. 비유컨대 그를 학병으로 끌고 간 것은 바로 창작 그것이었다. 제국 일본 육군이 그를 중국 전선으로 끌고 간 것이 아니라 창작이 그렇게 한 것이다. 일본군의 노예이기에 앞서 그는 창작의 노예였던 것이다. 이것만큼 운명적인 것이 따로 있겠는가. 그러기에 마르크 블로크가 이병주더러, '억울하거든 소설을 써라!'라고 충고한 것은, 실상은 이병주가 스스로에게 타이른 것에 지나지 않았다. '나는 소설

154

을 써야 한다!'가 그가 살아온, 또 살아갈 존재 이유이자 역사에의 소명감이기도 했다. 이 점에서 이병주만큼 날래고 또 당당한 작가는 찾기 어렵다.

5. 어떤 사상을 위한 죽음의 방식

이 날램과 당당함이 허구적 인물 탁인수와 장병중을 동시에 창조했다. 무엇보다 이병주는 당당하고도 민감할 수 있었는데, 그가 쑤저우 60사단 파견으로 1945년 6월 쑤저우 남쪽 청강진淸江鎭에서 참호 작업에 종사했던 것은 엄연한 사실이기 때문이다(《전지에서 만난 중국 소년》, 신동아, 1966. 2). 이러한 체험을 가진 조선인 학병은 이병주밖에 없다. 그는 이 체험에 기대어 탁인수를 창조했고, 그를 위한 변명을 썼다. 그 변명을 한층 교묘히(소설답게) 하기 위해 안타고니스트antagonist, 적대자 장병중을 동시에 창출했다. 마르크 블로크라는 허깨비를 불러낸 것은 바로 작가 지망생 이병주였던 것이다.

여기까지 이르면, 이런 물음을 누르기 어렵게 된다. 탁인수와 마르크 블로크가 같은 범주라는 사실이 그것. 그러니까 사람이 죽을 수 있는 세 가지 죽음의 범주 중 이들의 죽음은 (B)형에 속한다. (A) 인류를 위한 죽음도 아니고, (C) 사상이나 신념을 위한 죽음도 아니다. (B)형이란 새삼 무엇인가. 되풀이하거니와 그것은, 궁극적으로는 18세기 이래 날조된 근대라는 이름의 이데올로기의 산물 '국민국가'에 귀속된다. 조선인 학병 이병주와 탁인수를 노예로 만든 것은 이 '국민국가'라는 괴물이었고, 탁인수로 하여금 이에 맞서게 한 것도 국민국가라는 괴물이었고, 이병주를 노예로 자각케 한 것도 이 괴물이었음에 틀림없다. 그렇다면, 탁인수에겐 출구가 있어 변명의 여지가 있지만 이병주에겐 출구가 있을 수 없다. 노예에 지나지 않기에 역사에로 나아갈 길이 차단되어 있다. 기껏해야 노예 이병주가 할 수 있는 것은 탁인수들에 대한 변명과 그 변명을 한층 교묘히 하기 위한 장병중 같은 인물 창조에 급급하기뿐이 아니겠는가. 다듬어 말해 이병주는 평생 국민국가의 예찬론자들을 위한 꼭두각시 노릇이나 하는 글쟁일 수밖에 없지 않겠는가. 조국을 위해 역사의 변명을 썼듯, 조국을 위한 탁인수들의 변명하기, 그것이 이병주 글쓰기의 최종 목적이자 소명감일까.

6. '허망한 정열'과 글쓰기

의식적이든 아니든 이 물음만큼 이병주를 괴롭힌 것은 달리 없었다. 왜냐면, 이 물음을 그냥 둔다면 그의 어떤 글쓰기도 노예의 글쓰기에서 벗어날 수 없을 테니까. 마르크 블로크도 탁인수도, 또 그를 죽인 일본 헌병도 (B)형에 속하는 동류이니까. 탁인수에 대한 변명은 이들 모두에 대한 변명일 테니까. 이

절체절명에서 그가 한발이라도 벗어날 방도가 있었을까. 이 물음에 응해오는 것이 대작《지리산》이다.

이른바 7·4 남북공동선언(1972)에 발맞추어 연재되기 시작한《지리산》의 부제가 이 작품의 성격을 그대로 드러내고 있었다. '智異山이라 쓰고 지리산이라 읽는다'가 그것. 분명해지는 것은 '쓰기'와 '읽기'임을 천하에 드러낸 것이었다. 어떻게 쓰고 어떻게 읽는가를 위해 바쳐진 소설이《지리산》인 까닭이다. 그 쓰기와 읽기의 핵심에 놓인 것은 '어떤 사상'(이데올로기)이었다. 구체적으로 말해 그 '어떤 사상'은 스페인 인민전선Front Populaire의 사상, 바로 그것이었다. '회색의 사상'으로 정리되는 바로 그 사상.

사람은 어떻게 죽는가. 어떻게 죽어야 사이불황死而不荒이 아닌 인간의 위엄에 어울리는 죽음일 수 있는가. (A) 인류를 위한 죽음이 이에 해당될 것이다. 그러나 이것은 너무 막연하다. (B) 조국을 위한 죽음은 어떠한가. 국민국가의 범주이기에 가장 확실하지만, 조선인 학병은 이 주박에서 벗어날 수 없었다. 조선이라는 조국도 국민국가의 범주에 묶이기에 그러했다. 남은 것은 (C) 어떤 사상이나 신념이 아니겠는가. 이병주의《지리산》은 (C)형에 그 출구를 찾았다. (A) 인류도 (B) 조국도 아니고, (C) 어떤 사상을 위해 사람이 죽는 방식, 바로 이것이야말로 이병주가 찾아낸 특이하고도 줄기찬 그만의 명민함이었다.

공산주의라는 '어떤 사상'에 목숨을 건《지리산》남부군의 두목 이현상도, 당원 아닌 공산주의자 박태영도, 이도 저도 아닌 지식인 이규도 한결같이 '어떤 사상'에 순교하기로 작정한 인물들이었다. 사상의 성격이나 장단점이란 문제도 포기 않는 경지, 거기에 목숨을 건 사내들의 세계, 이것이야말로 이병주가 찾아낸 최대의 구실이자 변명의 영토였다. 김일성이 남부군을 버렸다는 것, 그 때문에 남부군이 송두리째 학살되었음에서 오는 '의분'이 《지리산》의 주제라고 작가 자신이 작가 후기에서 말했지만 그것은 한갓 시국적 표현이었을 것이다. 참 주제는 따로 있었는데, 바로 '어떤 사상'을 위해 사람은 죽을 수 있다는 것, 《지리산》은 그런 사람의 삶과 죽음을 보여주는 장소에 다름 아니었다.

너는 절대로 당원이 되면 안 된다. 당의 방침 전체를 넌 부인하고 있지 않은가. 당 간부 전체를 넌 불신하고 있지 않은가. 당은 네가 원수로 생각하는 김일성의 당이란 걸 잊으면 안 된다. 너는 너 혼자를 위한 파르티잔_{이병주는 여순반란까지를 빨치산이라 하고 남부군의 경우는 이렇게 불러 구별했다.—인용자}일 뿐이다. 무엇을 위한, 누구를 위한 파르티잔도 아니다. 오직 너 혼자를 위한 파르티잔이며 너의 오산, 너의 "선택의 실패"라는 대죄를 보상하고 있다는 사실을 잊으면 안 된다. 내일 죽음이 있을지 모레 죽음이 있을지, 바로 다음 순간에 죽음이 있을지 모르는 판국인데 자기기만이 있을 수 있는가. 타협이 있을 수 있는가……

《지리산》(7)(한길사, 2006), 314쪽

　이를 두고 작가 이병주는 '허망한 정열'(《지리산》에서 김경주가 던져놓고 간 말)이라 규정했다. 〈소설·알렉산드리아〉에서 주인공은 코즈모폴리턴으로 자처했을 뿐 아니라 나아가 황제임을 자처하기에 이르게 된다. 그 '어떤 사상'도 결국은 '허망한 정열'에 떨어지고 말기에 그러하다. 그러나 이것 없이는 어떤 종족이나 민족도 살아갈 수 없다. 도스토옙스키는, 이를 두고 《악령》에서 스타브로긴의 입을 빌어, 인간이 생각해낸 황당무계한 망상이라 불러 마지않았다. 여기에 이병주 글쓰기의 소명과 비결이 잠겨 있었다.

7. '소설적 진실'과 '낭만적 허위'

　이병주 글쓰기의 겉으로 드러난 형식에 주목할 것이다. 동서고금의 고전과 철학 사상의 인용 없이는 한 줄도 쓸 수 없었다. 도스토옙스키, 니체, 톨스토이, 보들레르, 래스키, 미키 기요시, 고바야시 히데오, 루쉰 등등을 내세우지 않고는 한 발자국도 내딛지 않았다. 그들 고전과 사상가에 기대어 자기의 노예 체험을 해석하고 변호코자 했다. 이런 행위란, 어쩌면 《돈키호테》를 연상시킨다. 스페인의 시골 라만차에서 자기 수입의 4분의 3을 식비로 쓰며 밤에는 어두워질 때부터 밝을 때까지 낮엔 훤할 때부터 어두워질 때까지 서재에서 중세 기사 얘기책을 읽고는 그 책의 얘기를 진짜라 믿고 이를 모방, 실천(현실화)하기 위해 기사 편력에 나서는 향사鄕士 돈키호테와 흡사하기 때문이다. 그것은 자기를 찾아 나선 편력에 다름 아니었다. 그를 미치광이로 치부하는 것은 전혀 잘못이다. 키호테 씨가 여섯 명의 상인들을 향해 돌진하다 늙은 말에서 떨어져 땅에 처박혀 꼼짝 못 할 때 이를 본 고향 농부가 달려가 구출하며 그대는 키하나 양반(고향에서 불리던 이름) 아닙니까라고 본명을 댔다. 왜냐면 키호테는 자기가 편력 기사로 고명한 발도비노스나 아빈다라에스라 믿고 있기 때문이었다. 그러자 돈키호테의 대답은 이러했다.

내가 누군 줄이야 내가 모를라구. 방금 말한 두 사람 외에도 프란씨아의 열두 장군, 이름 떨치는 아홉 용장을 통틀어서 다 될 수 있는 나인 줄도 잘 알고 있지. 왜냐구? 흥, 그들이 자기들을 위해서 여럿이 한꺼번에 세웠든 단 혼자서 세웠든 그 공적을 있는 대로 다 쓸어 모았댔자 내 것에다가는 비길 수 없단 말이지.

《돈키호테》(정음사, 1977), 41쪽

자기가 누구인지 제일 잘 아는 사람은 바로 자기뿐이라는 것. 이것이 기록자이자 시인으로 자처한(〈겨울밤〉) 이병주의 글쓰기였다. 그는 동서고금의 기록물과 문학의 경계선을 물총새처럼 날렵하게 누비며 풍차를 향해 달려가는 편력 기사 돈키호테에 다름 아니었다. 산초가 저건 거인이 아니라 풍차라 하자 돈키호테는 이렇게 말하지 않았던가.

> 자네가 모험에 집중하지 못한 것을 이로써 잘 알겠네. 저건 다 거인들이야. 무섭거든 이 자리를 비켜나서 내가 놈들하고 무서운 결전을 할 테니 그 동안 기도나 드리고 앉았게.
>
> 《돈키호테》, 55쪽

나림那林 이병주, 그는 10년 형을 받고 영하 20도의 서대문형무소(〈소설·알렉산드리아〉)에서 만 2년 7개월을 버티어냈다. 이 돈키호테는, 역사와 문학의 경계선을 멋대로 허물며 비루먹은 늙은 말 로시난테 위에서 긴 창을 휘둘렀다. 그는 이를 싸잡아 '변명'이라 불렀다.

R. 지라르는, 이러한 글쓰기를 두고 '소설적 진실'이라 불러 마지않았다. 자기가 멋대로 지어낸 글쓰기란 '낭만적 허위'에 지나지 않는 것. 작가 이병주, 그는 반드시 선행 역사책이나 문학책을 앞세우고 글을 썼다. 돈키호테가 중세 기사 책을 모방한 것과 이는 엄밀히 대응된다. 욕망의 간접화, 그것이 '소설적 진실'이라고 욕망의 삼각형 이론의 창시자 지라르의 견해이

었다. 이러한 지라르식 견해의 글쓰기의 대표적 형식이 이병주의 〈변명〉에서 현저하다. 중세의 기사 얘기책과 흡사한 마르크 블로크의 책인 《역사를 위한 변명》을 모방하는 글쓰기의 전형인 까닭이다. 거기에다 그가 최선을 다할 수밖에 없는 몫이 물론 따로 있었다. 학병으로 끌려간 조선인 이병주의 노예 체험이 그것이다.

1921   3월 16일 경남 하동군 북천면에서 아버지 이세식과 어머
        니 김수조 사이에서 태어남.

1933   양보공립보통학교 13회 졸업.

1940   진주공립농업학교 27회 졸업.

1943   일본 메이지 대학 전문부 문예과 졸업.

1944   와세다 대학 불문과에 재학 중 학병으로 동원되어 중국 쑤
        저우蘇州에서 지냄.

1948   진주농과대학과 해인대학(현 경남대학)에서 영어, 불어, 철
        학을 강의.

1954   문단에 등단하기 전 《부산일보》에 소설 《내일 없는 그날》
        연재.

1955   《국제신보》에 입사, 편집국장 및 주필로 언론계에서 활동.

1961   5·16 때 필화사건으로 혁명재판소에서 10년 선고를 받고
        복역 중 2년 7개월 후에 출감. 한국외국어대학, 이화여자
        대학 강사를 역임.

1965   중편 〈소설 · 알렉산드리아〉를 《세대》에 발표함으로써 문
        단에 등단.

1966   〈매화나무의 인과〉를 《신동아》에 발표.

1968   〈마술사〉를 《현대문학》에 발표. 《관부연락선》을 《월간중

앙》에 연재(1968. 4.~1970. 3.), 작품집 《마술사》(아폴로사) 간행.

1969   〈쥘부채〉를 《세대》에, 〈배신의 강〉을 《부산일보》에 발표.

1970   《망향》을 《새농민》에 연재, 장편 《여인의 백야》(문음사) 간행.

1971   〈패자의 관〉(《정경연구》) 등 중단편을 발표하는 한편, 《화원의 사상》을 《국제신보》, 《언제나 은하를》을 《주간여성》에 연재.

1972   단편 〈변명〉을 《문학사상》에, 중편 〈예낭풍물지〉를 《세대》에, 〈목격자〉를 《신동아》에 발표. 장편 《지리산》을 《세대》에 연재. 장편 《관부연락선》(신구문화사) 간행. 영문판 〈예낭풍물지〉, 장편 《망각의 화원》 간행.

1973   수필집 《백지의 유혹》(강남출판사) 간행.

1974   중편 〈겨울밤〉을 《문학사상》에, 〈낙엽〉을 《한국문학》에 발표. 작품집 《예낭풍물지》 영문판(세대사) 간행.

1976   중편 〈여사록〉을 《현대문학》에, 단편 〈철학적 살인〉과 중편 〈망명의 늪〉을 《한국문학》에 발표, 창작집 《철학적 살인》(한국문학), 《망명의 늪》(서음출판사) 간행.

1977   중편 〈낙엽〉과 〈망명의 늪〉으로 한국문학작가상과 한국창작문학상 수상, 창작집 《삐에로와 국화》(일신서적공사), 수필집 《성—그 빛과 그늘》(서울물결사), 《바람과 구름과 비》(동아일보사) 간행.

1978   중편 〈계절은 그때 끝났다〉, 단편 〈추풍사〉를 《한국문학》
        에 발표. 《바람과 구름과 비》를 《조선일보》에 연재, 창작
        집 《낙엽》(태창문화사) 간행, 장편 《망향》(경미문화사), 《허
        상과 장미》(범우사), 《조선일보》에 연재되었던 《미와 진실
        의 그림자》(대광출판사), 《바람과 구름과 비》(물결출판사) 간
        행. 수필집 《사랑받는 이브의 초상》(문학예술사), 《허상과
        장미》(범우사), 칼럼 《1979년》(세운문화사) 간행.

1979   장편 《황백의 문》을 《신동아》에 연재, 장편 《여인의 백야》
        (문음사), 《배신의 강》(범우사), 《허망과 진실》(기린원) 간행,
        수필집 《사랑을 위한 독백》(회현사), 《바람소리, 발소리, 목
        소리》(한진출판사) 간행.

1980   중편 〈세우지 않은 비명〉, 단편 〈8월의 사상〉을 《한국문
        학》에 발표. 작품집 《서울의 천국》(태창문화사), 소설 《코스
        모스 시첩》(어문각), 《행복어사전》(문학사상사) 간행.

1981   단편 〈피려다 만 꽃〉을 《소설문학》에, 중편 〈거년의 곡〉을
        《월간조선》에, 중편 〈허망의 정열〉을 《한국문학》에 발표.
        장편 《풍설》(문음사), 《서울 버마재비》(집현전), 《당신의 성
        좌》(주우) 간행.

1982   단편 〈빈영출〉을 《현대문학》에 발표. 《그해 5월》을 《신동
        아》에 연재. 작품집 《허망의 정열》(문예출판사), 장편 《무지
        개 연구》(두레출판사), 《미완의 극》(소설문학사), 《공산주의
        의 허상과 실상》(신기원사), 수필집 《나 모두 용서하리라》

(대덕인쇄사), 《용서합시다》(집현전), 소설 《역성의 풍·화산의 월》(신기원사), 《행복어사전》(문학사상사), 《현대를 살기 위한 사색》(정음사), 《강변 이야기》(국문) 간행.

1983   중편 〈그 테러리스트를 위한 만사〉를 《한국문학》에, 〈소설 이용구〉와 〈우아한 집념〉을 《문학사상》에, 〈박사상회〉를 《현대문학》에 발표, 작품집 《그 테러리스트를 위한 만사》(홍성사), 고백록 《자아와 세계의 만남》(기린원), 《황백의 문》(동아일보사) 간행.

1984   장편 《비창》을 문예출판사에서 간행, 한국펜문학상 수상, 장편 《그해 5월》(기린원), 《황혼》(기린원), 《여로의 끝》(창작문예사) 간행. 《주간조선》에 연재되었던 역사 기행 《길 따라 발 따라》(행림출판사), 번역집 《불모지대》(신원문화사) 간행.

1985   장편 《니르바나의 꽃》을 《문학사상》에 연재, 장편 《강물이 내 가슴을 쳐도》와 《꽃의 이름을 물었더니》, 《무지개 사냥》(심지출판사), 《샘》(청한), 수필집 《생각을 가다듬고》(정암), 《지리산》(기린원), 《지오콘다의 미소》(신기원사), 《청사에 얽힌 홍사》(원음사), 《악녀를 위하여》(창작예술사), 《산하》(동아일보사), 《무지개 사냥》(문지사) 간행.

1986   〈그들의 향연〉과 〈산무덤〉을 《한국문학》에, 〈어느 익일〉을 《동서문학》에 발표, 《사상의 빛과 그늘》(신기원사) 간행.

1987   장편 《소설 일본제국》(문학생활사), 《운명의 덫》(문예출판사), 《니르바나의 꽃》(행림출판사), 《남과 여 —에로스 문화

사》(원음사), 《남로당》(청계), 《소설 장자》(문학사상사), 《박
사상회》(이조출판사), 《허와 실의 인간학》(중앙문화사) 간행.

1988 《유성의 부》(서당) 간행. 대하소설 《그해 5월》을 《신동아》
에, 역사소설 《허균》을 《사담》에, 《그를 버린 여인》을 《매
일경제신문》에, 문화적 자서전 《잃어버린 시간을 위한 메
모》를 《문학정신》에 연재, 《행복한 이브의 초상》(원음사),
《산을 생각한다》(서당), 《황금의 탑》(기린원) 간행.

1989 《민족과 문학》에 《별이 차가운 밤이면》 연재. 장편 《허균》,
《포은 정몽주》, 《유성의 부》(서당), 장편 《내일 없는 그날》
(문이당) 간행.

1990 장편 《그를 버린 여인》(서당) 간행, 《꽃이 된 여인의 그늘에
서》(서당), 《그대를 위한 종소리》(서당) 간행.

1991 인물 평전 《대통령들의 초상》(서당), 《달빛 서울》(민족과문
학사) 간행, 《삼국지》(금호서관) 간행.

1992 《세우지 않은 비명》(서당) 간행. 4월 3일 오후 4시 지병으
로 타계. 향년 72세.

1993 《소설 정도전》(큰산), 《타인의 숲》(지성과사상) 간행.

김윤식

서울대학교 국어국문학과와 동 대학원을 졸업했고 1962년 《현대문학》에 〈문학사방법론 서설〉이 추천되어 문단에 발을 들여놓았다. 한국 근대문학에서 근대성의 의미를 실증주의 연구 방법으로 밝히는 데 주력했으며 1920~1930년대의 근대문학과 프롤레타리아문학이 가지는 근대성의 의미를 밝히고자 했다. 1973년 김현과 함께 펴낸 《한국문학사》에서는 기존의 문학사와는 달리 근대문학의 기점을 영·정조 시대까지 소급해 상정함으로써 뜨거운 논쟁을 불러일으키기도 했다. 현대문학신인상, 한국문학작가상, 대한민국문학상, 김환태평론문학상, 팔봉비평문학상, 요산문학상 등을 수상했으며 저서로 《문학사방법론 서설》, 《한국문학사 논고》, 《한국 근대문예비평사 연구》, 《황홀경의 사상》, 《우리 소설을 위한 변명》, 《한국 현대문학비평사론》 등이 있다.

김종회

경희대학교 국어국문학과와 동 대학원을 졸업했고 1988년 《문학사상》을 통해 평단에 나왔다. 김환태평론문학상, 한국문학평론가협회상, 시와시학상, 경희문학상을 수상했으며 2008년에는 평론집 《문학과 예술혼》, 《디아스포라를 넘어서》로 유심작품상, 편운문학상, 김달진문학상을 수상했다. 특히 《디아스포라를 넘어서》는 남북한 문학 및 해외 동포 문학의 의미와 범주, 종교와 문학의 경계, 한국 근대문학의 경계 개념을 함께 분석한 평론집으로 평가받고 있다. 저서로 《한국소설의 낙원의식 연구》, 《위기의 시대와 문학》, 《문학과 전환기의 시대정신》, 《문학의 숲과 나무》, 《문화 통합의 시대와 문학》 등이 있으며 엮은 책으로 《북한 문학의 이해》, 《한민족 문화권의 문학》, 《한국 현대문학 100년 대표 소설 100선 연구》, 《문학과 사회》 등이 있다.